O zi cu

De Mara Cinul

Capitolul I

Era o noapte de vară senină iar cerul părea presărat cu mii de stele. Luna își cernea razele pale spre pământ luminând rotundă deasupra tuturor. Toate se vedeau de o claritate deosebită, toate păreau mai frumoase, toate păreau mai pure. Lumină și întuneric, claritate și obscur se îmbrățișau într-un freamăt mut și etern. Umbre se furișau din spatele clădirilor apoi dispăreau fără ca să iasă vreodată la iveală. Era doar întuneric ce își alunga câteodată brațele apoi și le strângea speriat în atingerea caldă a luminii.

Privea cum îndrăgostiții se plimbau prin parc ținându-se de mână, sărutându-se, îmbrățișându-se... La fel ca și ea credeau că dragostea avea să dureze pentru totdeauna, nu le vedea ochii, dar știa că sunt arzători si plini de speranță.

A simțit deodată cum o mână rece o cuprinde deasupra ochilor. Am simțit inima cum îi tresare, îi cunoștea parfumul, îi cunoștea mersul, îi cunoștea respirația, îi cunoștea bătăile inimii. Simțea că se sufocă de fericire. Nimic nu ar putea fi mai mult decât atât.

A zâmbit cel mai sincer zâmbet în timp ce mâna îi acoperea ochii apoi o altă mână îi cuprinde mijlocul, buze fierbinți îi sărutau gâtul făcând-o să freamăte ca o frunză la atingerea vântului, unduind-o după voia lui.

"Nu am vrut să întârzii, am fost reținut acasă mai mult decât de obicei!"

O umbră de tristețe, apoi o umbră de gelozie i-a acoperit inima, fără ca să o poată controla. Nu îi plăcea că se vedeau pe ascuns, nu îi plăcea că nu poate împărți bucuria asta cu nimeni, totul scăpase de sub control. Orașul era mic, nu puteau să meargă la cină, nu putea să meargă la un film fără a fi în pericolul de a fi recunoscuți de cineva.

"Nu crezi că ar fi timpul să nu ne mai ascundem și să începem să ne trăim viața împreună, fără a fi judecați de ceilalți?"

"Ilinca, te iubesc mai mult decât viața mea, dar crede-mă, nu pot grăbi lucrurile chiar așa, dacă află, soția mea îmi va lua totul. Crezi că mie îmi place să mă tot ascund așa, să umblu îmbrăcat ca

4

adolescenții dar nu vreau ca ea să ia tot ce am muncit până acum."

Ilinca nu a mai zis nimic, căci nu vroia ca Matei să piardă toate pentru care muncise cu atâta sârg. Nu era ușor să faci o companie din nimic. Bine, nu era o companie prea mare, dar nu era chiar de neglijat. Să fii notar public era o meserie destul de serioasă. Plus un birou de traduceri.

Ilinca era abia ieșită de pe băncile facultății. Nici nu îi venea să creadă ce noroc căzuse pe ea când primise postul de secretară la biroul domnului Matei Ionescu. Interviul fusese ușor, nu au fost puse decât unele întrebări personale dacă era măritată sau dacă avea copii. Singură fără nici o obligație familială. Cam așa a sunat răspunsul ei. Părea destul de ușor să obții o slujbă, chiar nu știa de ce toată lumea avea ceva de comentat când venea vorba de obținerea unui loc de muncă. Toată dimineața se aranjase, făcându-și și refăcându-și machiajul de vreo patru ori, până când a arătat perfect. Ilinca vroia să facă impresie bună, să pară serioasă așa că a cumpărat pentru ocazia asta un costum albastru închis. Părul l-a strâns într-un coc la spate, astfel ochii ei mari, căprui se vedeau și mai mari. Arăta ca o păpușă Barbie în mărime naturală. Nu era chiar foarte înaltă, dar tocurile joase pe care le avea o ajutau un pic.

Ilinca a închis ochii în brațele lui, nu își dorea decât să nu se mai ascundă. Știa că ce face e greșit, dar nu se putea abține, sărutările lui erau ca un drog care îi dădea o dependență din ce în ce mai mare.

"Mergem?" a întrebat-o deodată Matei.

Trebuiau să meargă într-un sfârșit de săptămână romantic, o mică escapadă pe care o așteptau cu nerăbdare. Nu aveau să meargă prea departe, doar o mică pensiune în Munții Dornei. Avea piscină, organizau diferite drumeții, era perfect. Cu siguranță nimeni avea să îi recunoască. Erau în perfectă siguranță să se bucure unul de celălalt, cum nu mai făcuseră de multă vreme.

S-au urcat în mașina lui, era parcată chiar lângă parc. Putea să o ia de acasă, dar nu vroia să riște sub nici o formă să fie văzuți. La început Matei era mai relaxat, nu se temea în halul ăsta că avea cineva să îi vadă, dar în decursul celor aproape șapte luni de când erau împreună, parcă devenea din ce în ce mai paranoic că cineva îi spiona, că cineva avea să îi prindă.

Au pornit amândoi în noapte, îl vedea cum conducea atent apoi din când în când îi arunca câte o privire urmată de un zâmbet. Nu se vedea nimic decât umbra copacilor de pe marginea drumului.

"Am o surpriză pentru tine, Ilinca. Am vrut să aștept până ajungem acolo, dar nu mai pot aștepta. Știu sigur că o să îți placă!" a spus el deodată, fără să își ia ochii de la drum.

A deschis torpedoul mașinii și i-a dat o cutiuță pătrată, neagră. Inima Ilincăi bătea ca un ciocan ieșit de sub control, cu o putere ce ar fi putut sfărma și piatra. Se gândea "în sfârșit o să mă ceară de nevastă, era și timpul, știu că mă iubește!". A deschis cutia mică cu mâini tremurânde, Matei îi arunca câte o privire furișată. Era și atent la drum, dar în același timp vroia să îi cuprindă umerii, să o sărute.

"Cercei!" a exclamat fata cu o oarecare dezamăgire în voce. "Matei, mă răsfeți prea mult" i-a reproșat ea zâmbind drăgăstos, încercând să atragă atenția de la tonul primei exclamații. Matei însă nu a observat. El era convins că ei aveau să îi placă. Erau de aur, cu rubin. Păreau destul de scumpi. Și i-a pus în urechi, însă nu vedea cum îi stăteau pentru că nu era nici o lumină în mașină.

7

Atent, Matei a oprit mașina și i-a aprins lumina de deasupra bordului.

I-a cuprins fața în palme:

"Sunt frumoși dar nimic nu se compară cu strălucirea ta, ești mai frumoasă decât orice bijuterie din lume, ești mai frumoasă decât toate bijuteriile la un loc!"

A sărutat-o prelung, mâna dreaptă cuprinzându-i sânul prin rochia decoltată de vară. Nu era inelul pe care îl aștepta Ilinca, și nu avea cum să fie dacă el nu plecase încă de lângă soția lui. Nu aveau copii, nu înțelegea de ce nu o lasă dacă nu o mai iubește. Mereu îi promisese că nu o mai atinse de când erau împreună. Plus că soția lui, din câte îi povestise el nu era o persoană prea plăcută, de fapt părea un fel de zgripțuroaică ce îl trata în cel mai rău mod posibil chiar dacă el îi făcea toate pe plac. Nu-i nimic, avea să îi dea inelul altă dată, după ce avea să o lase pe doamna Ionescu.

Sărutările lui erau din ce în ce mai fierbinți, din ce în ce mai pasionale. Dacă nu ar fi știut că nu e un om căruia îi plac lucrurile spontane, ar fi crezut că vor face dragoste chiar acolo în micuța mașină sport. Nu știa cum să reacționeze, dar era ceva nou, deci lucrurile mergeau înspre mai bine. Ilinca se simțea mai iubită decât era înainte. Oricum Matei o cucerise cu micile atenții pe care i le făcea, primea acasă tot felul de daruri, flori, rochii dar niciodată bijuterii. Acesta era unul din cele mai scumpe daruri pe car îl primise vreodată de al el. Nu putea să își oprească gândurile chiar dacă se afla sub o ploaie de sărutări pătimașe cărora le răspundea cu aceeași pasiune.

"Să mai salvăm ceva pentru când ajungem, abia aștept să te răvășesc pe așternuturile moi din cameră!"

Deodată a pornit mașina, scoțând la iveală omul de afaceri din el. Întotdeauna, chiar și la birou când lucra, nu aștepta ca ceilalți să aibă o părere înainte ca el deja să fi luat o hotărâre cu privire la un anumit lucru. Treaba ei oricum nu implica decât să facă programări, să copie documente, să facă ceai sau cafea pentru cei de la birou. Când s-a angajat spera ca să avanseze în câteva luni și să lucreze și ea ca traducător. Însă lucrurile nu au fost așa. Matei i-a spus că nu o poate avansa așa repede, toată lumea avea să creadă că se culcau împreună. Chiar dacă era așa, căuta să nu se bănuiască nimic. Părea să se teamă foarte tare ca soția lui să nu îl prindă asupra faptului.

Când venea pe la birou doamna Ionescu era uneori
înspăimântătoare, își arunca haina pe biroul ei doar
spunând bună ziua, apoi se îndrepta spre biroul lui
fără să spună un cuvânt, fără să întrebe dacă putea
intra, dacă era ocupat cu ceva, dacă era poate vreo
întâlnire în desfășurare. Mereu închidea ușa cu
putere apoi ieșeau împreună și el nu se mai
întorcea în ziua aceea la birou. Atitudinea ei părea
justificată având în vedere că era de profesie
avocată. Dar putea totuși să fie puțin mai drăguță.
Ilinca nu ar fi putut niciodată să fie așa ostentativă.
De fapt era o fată drăguță, cu ochi mari căprui
radiind de bunătate, părul îl avea cam de aceeași
culoare cu un ten măsliniu chiar și în timpul iernii.
Nu era o frumusețe răpitoare, nu era o frumusețe
angelică blondă, ci oricând ar fi putut juca rolul
unei zâne bune într-o piesă pentru copii. Doamna
Ionescu era însă o frumusețe demonică, cu părul
negru închis, ochii verzi și sticloși, în schimb piele
era aproape albă, perfectă, orice ar fi purtat părea
anume croit pentru ea, costumele ei era însă sobre,
niciodată nu a văzut-o îmbrăcată cu ceva pastelat.

Ilinca se gândea adesea la doamna Ionescu, în
majoritatea timpului îi venea în minte gândul că nu

ar fi vrut fă fie nici pe o rază de zece kilometri în apropierea ei când Matei avea să îi dea veștile proaste. Era uneori nerăbdătoare, îl privea si vroia să fie numai al ei. Erau cinsprezece ani aproape între ei, dar pentru ea nu părea nici măcar o zi diferență de vârstă căci domnul Ionescu era un domn îngrijit și arăta mereu impecabil.

După mai bine de două ore de condus prin sate și orășele de munte au ajuns la o pensiune mare puternic luminată. Pe terasa restaurantului din față încă erau meseni care vorbea însuflețit și zâmbitori unii cu alții, chiar și alți oaspeți de la alte mese. În spate se vedea muntele falnic, întunecat și tăcut. "Parcă ar fi doamna Ionescu" se gândi Ilinca zâmbind.

"Așteaptă-mă aici micuțo!" i-a spus Matei conducând-o spre unul din fotoliile din hol.

Ilinca s-a așezat și luând o revistă de pe măsuța de cafea a început să o răsfoiască fără să vadă măcar un singur cuvânt. Gândurile ei erau cu Matei, cum aveau să petreacă doua zile singuri, de obicei aveau doar câteva ore la câteva zile, nu puteau face nimic suspicios. Parcă nu mai vedea pe nimeni, se simțea drogată, drogată de ființa lui...

După o vreme Matei a venit lângă ea și au urcat împreună în lift, camera lor era la etajul patru. Nu au spus nimic în lift doar și-au zâmbit unul altuia. Au ajuns în camera lor, era frumoasă, rustică. Cam mult roșu în decorații, dar în minte nu îi veni decât că era un loc încărcat cu pasiune. De cum au închis ușa, Matei a cuprins-o în brațe, ținând-o strâns și sărutând-o apăsat pe buze, Ilinca răspunzându-i cu aceeași pasiune.

Raze jucăușe intrau prin perdele colorate, Ilinca îl privea pe Matei cum dormea cu părul tot răvășit. Nu îl mai văzuse niciodată așa, probabil unde era prima dată când au dormit împreună. Nu știa cum să reacționeze, dar în cele din urmă a decis să meargă să se aranjeze până să se trezească el. Când s-a întors de la baie, Matei deja era pe balcon vorbind la telefon. Probabil că ea îl sunase, știa că îi spusese că pleacă într-o călătorie de afaceri.

L-a așteptat în pat cu gândul că o cafea ar fi fost minunată. Ar fi vrut așa să se trezească în fiecare dimineață, lângă omul pe care îl iubea. Știa că e greșit tot ceea ce făcea, dar tot ce e bun e interzis așa că nu putea să mulțumească pe toată lumea. Ar fi vrut să iasă pe balcon și să strige în gura mare " Îl iubesc!" dar nu putea să facă nici asta, Matei nu

12

era un om spontan. Nici nu îi plăceau lucrurile pe care nu le plănuia cu meticulozitate anterior.

"Vrei să luăm micul dejun? Hai să ne îmbrăcam și să îl luăm în salon" i-a spus el intrând cu o figură serioasă.

Au coborât împreună în restaurant. Cafeaua mirosea destul de îmbietor, Ilinca simțea cum îi aprinde toate simțurile.

"Draga mea, după cum știi nu trebuie să atrag atenția soției mele până la momentul potrivit, de aceea am niște lucruri de aranjat până după-amiază. E o zi superbă, poți să petreci lângă piscină până termin eu. Abia aștept să te văd și mai bronzată!"

"Dar mi-ai promis că vom fi împreună! Nu are cine să facă lucrurile astea în locul tău?" cam atât fusese din escapada romantică, nu îi venea să creadă că nu era atât de nerăbdător ca și ea să petreacă timp împreună.

"Nu draga mea, sunt lucruri prea plictisitoare pentru tine. Tu trebuie doar să fii frumoasă, știi că inima mea e mereu lângă tine." Vorbea cu ea, dar privirea lui căuta în gol, probabil se gândea în altă parte.

Fără să mai riposteze, după ce s-au întors în cameră, Ilinca și-a luat costumul de baie, o rochiță drăgălașă cu flori pe deasupra și s-a îndreptat spre piscină. Matei a sărutat-o prelung la ieșirea din cameră, mângâindu-i spatele gol cu vârful degetelor.

Se simțea un pic tristă că avea să își petreacă o bună parte din zi singură. Era absolut sigură că l-ar fi putut ajuta cu orice ar fi avut de făcut, așa aveau să petreacă timpul împreună cum era planul inițial. Poate chiar avea de gând să lucreze, doar că nu îi spuse mai dinainte. Se simțea din ce în ce mai furioasă în timp ce se apropia de piscină. Doar câteva șezlonguri mai erau goale cu toate că era abia zece jumătate dimineața.

Ilinca s-a așezat și după ce s-a dat cu cremă și-a pus ochelarii de soare lăsându-se pe spate. Cafeaua îi dăduse energie, poate avea să înoate câteva ture de piscină mai târziu. Un grup gălăgios de vreo zece tineri, fete si băieți la un loc, se jucau polo, se stropeau, râdeau se sărutau, fără nici o reținere. Se uita și le invidia pe fetele acelea care nu avea nici o grijă, puteau să își trăiască dragostea fără nici o frică. Ele abia aveau 22 de ani, ea se simțea uneori obosită de situația asta, parcă ar fi avut vreo doua sute.

Era ora prânzului, și nici urmă de Matei. Era destul de plictisită, nu știa ce să mai facă, asemeni unui bolnav mintal se uitase pe pereți și în zare tot timpul ăsta. Chiar nu era deloc ce avusese în minte când plecase de acasă. Felul cum o privise tot drumul, aseară, nu dădeau de bănuit că avea să petreacă o zi aproape de una singură când avea șansa să fie cu el. dar nici nu putea să îl sufoce cum făcea soția lui, nu ar fi vrut să îl supere cu nimic.

Toată lumea plecase la prânz, doar pe șezlongul alăturat un tânăr cam de seama ei adormise la soare. Buzele lui cărnoase păreau arse de stat la soare, corpul era bine definit, un fel de Adonis perfect sculptat, nu ca Matei. Anii fuseseră blânzi cu el, avea păr în cap însă începuse să aibă un pic de burtă, pieptul un pic lăsat. Când era îmbrăcat nu se vedea, mereu purta costume. Când era gol, nu mai conta. Pentru ea era frumos oricum. Fără să vrea a zâmbit privindu-l, mușcându-și buza de jos. Se uita prin ochelarii de soare, nu avea cum să o vadă, dar și băiatul a schițat un zâmbet mic revenindu-și repede la poziția inițială. Ilinca s-s înroșit rușinată, lăsându-se pe spate.

15

Nu mai trecură nici cinci minute, că tânărul se ridică în capul oaselor uitându-se în jur. Părea la fel de plictisit ca și ea. Fără să vrea îl privea cu coada ochiului.

"Ai putea te rog să îmi spui cât e ceasul?" a întrebat-o el deodată.

"E trecut de prânz, prietenii tăi au plecat de mult!" i-a spus Ilinca zâmbind prostește. Nici ea nu știa de ce se comporta așa, era de-a dreptul ciudată, probabil că iubita lui era una din fetele acelea zvelte și gălăgioase care se jucaseră mai înainte în piscină. Ea nu era așa atrăgătoare ca ele. De fapt se simțea mult mai bătrână chiar dacă mai avea puțin până la 25 de ani.

"Tu nu vrei să mergi la prânz?" a întrebat-o pe neașteptate băiatul.

Ilinca a ridicat deodată sprâncenele, chiar nu se aștepta la asta. "Nu mi-e prea foame, poate mai târziu. Aștept pe cineva."

Tânărul s-a ridicat, și i-a sărutat mâna pe neașteptate: "Întotdeauna cele mi frumoase sunt luate."

A plecat apoi cu tricoul pe umăr, arăta ca un model

16

coborât de pe o revistă, Ilinca își simțea inima bătând mai repede, respirația mai accentuată. Fără să vrea mâna pe care i-o sărutase a dus-o la piept și a închis ochii. A rămas așa întinsă cu ochii închiși, simțindu-se oarecum furioasă pe situația în care se afla cu Matei. Adina avea dreptate, totul era așa de nedrept față de ea. Când au plecat în micuța escapadă el a propus ca să nu folosească telefoanele cât vor fi acolo, acum regreta că l-a lăsat în geantă, ar fi putut să se mai uite la una alta, nu să stea așa ca un fel de legumă.

Se plictisise de mult, alți oameni erau acum lângă piscină, majoritatea se uitau pe telefoane, unii se jucau cu copiii . Privindu-i, Ilinca se gândea ce mult i-ar fi plăcut să aibă și ea copiii ei. Dar pentru moment nici nu putea fi vorbă de așa ceva. Oare când lucrurile deveniseră așa de complicate? La început părea totul așa de simplu, mereu îi promitea că o să meargă împotriva tuturor pentru ea. Știa ea că o să fie bine până la urmă, că vor fi mereu împreună.

Era bine trecut de amiază, când a simțit o mână cunoscută mângâindu-i umărul. Chiar dacă acum era deja obișnuită cu Matei, tot tresărea sub atingerile lui, simțea un val de fericire cum o cuprindea. Avea de gând să îi reproșeze că o lăsase singură aproape toată ziua. Data asta chiar era hotărâtă să riposteze, chiar nu putea fi acolo doar când avea el nevoie de ea, trebuia să fie timpul lor împreună.

"Am o surpriză pentru tine. Vino!" i-a spus ușor, aproape șoptit. Fără să vrea, tot planul de a riposta dispăruse deodată.

A plecat împreună cu el fără să întrebe nimic. Îi plăceau surprizele, îi plăcea să fie surprinsă. Păcat că Matei făcea lucrul ăsta rar, cu toate că îi spusese în nenumărate ocazii.

S-au îndreptat către cameră unde și-a pus o rochie ușoară și înflorată de vară, părul ei castaniu îi acoperea decolteul unduindu-și buclele mari în timp ce mergea. Matei îi privea silueta de clepsidră cu ochi scânteietori în timp ce se îmbrăca. Ea îl vedea și îi arunca la rândul ei câte o privire pe sub gene, zâmbind cu colțul gurii. Nu era timp pentru nimic altceva, căci surpriza pregătită nu avea timp să aștepte.

În fața pensiunii îi aștepta o trăsură descoperită.

"M-am gândit că am putea vedea ceva din frumusețile muntelui până se înnoptează!"

18

Părea o idee frumoasă, cu toate că Ilinca ar fi preferat să meargă pe jos pe cărări de munte. Îi plăcea în natură, dar Matei niciodată nu avea timp să o însoțească.

"E minunat" a spus ea urcându-se prima.

Muntele se vedea frumos, soarele dădea să coboare spre asfințit. Umbrele copacilor păreau că se tot lungeau pe drumul forestier. Era totuși ciudat, mergea în tăcere, ea nu îndrăzneau să scoată un singur cuvânt, obișnuiți cu faptul că nu puteau să își spună prea multe în public. L-a luat totuși de mână, apoi și-a lipit capul de umărul lui. El a sărutat-o pe creștet, probabil și-a adus aminte că erau doar ei, că nu avea nimeni să îi vadă, cu excepția vizitiului. Acesta însă doar strunea caii din când în când fără să vorbească cu pasagerii săi.

S-au întors după lăsarea întunericului. Tot drumul Matei fusese teribil de tăcut, abia dacă scosese câteva cuvinte. De obicei Ilinca vorbea mult, dar de când îl cunoscuse începuse să vorbească din ce în ce mai puțin. Nici măcar nu își dădea seama ce mult o schimbase el, o modelase după placul lui asemeni unui olar ce se joacă cu cleiul pământului fără ca să îi pese în ce parte ar fi vrut acesta să se îndrepte.

S-au întors în cameră după ce au mâncat pe terasă. La fel ca în seara precedentă, ceilalți vorbeau însuflețit, doar ei abia dacă scoteau câteva cuvinte. Însă odată ce au închis ușa camerei, Matei a cuprins-o strâns în brațe. Tinerețea ei îl făcea și pe el să se simtă tânăr, la fel ca un om de 20 de ani. A început să o sărute nebunește, fără să îi dea nici o explicație de ce nu vorbise mai deloc timp de vreo cinci ore sau ce avusese așa important de făcut de nu lăsase pe luni ca să poată să petreacă atât de mult doritul timp cu ea.

Ilinca ar fi vrut să îl oprească, să vorbească cu el, dar a ales să tacă. Nimic nu era mai important ca dragostea dintre ei. În mod sigur aveau timp să vorbească o viața întreagă după ce o va lăsa pe doamna Ionescu pentru a se căsători cu ea.

Capitolul II

Ca de obicei, Adina se trezise cu noaptea în cap să se facă frumoasă, nu vroia ca Andrei să o vadă nemachiată când se trezea dimineața. Nu locuiau împreună, dar își petrecea mult timp în apartamentul lor. Ilinca nu prea avusese somn, chiar dacă s-a întors în jur de doua noaptea. A urmat-o pe Adina bătând ușor la ușa băii.

"Ies imediat!"

"Sunt eu, aș vrea să vorbesc cu tine până pleci cu Andrei."

"Vin în două minute în bucătărie, pune o cafea până ies. Să nu faci gălăgie, că îl trezești pe Andrei!"

Adina se pricepea de minune la dat ordine. Era mereu cea mai bună la ea la muncă, era un fel de șef mai mic, dar întotdeauna lumea se putea baza pe ea. Nu prea vorbea despre muncă, dar a văzut cu ochii ei cum persoane mult mai în vârstă decât ea îi ascultau indicațiile cu mare atenție. Mereu știa ce e de făcut, spre deosebire de Ilinca. Mereu părea confuză, mereu nehotărâtă, făcea mii de planuri pe care nu le putea urma.

"Ești bine? Cum a fost escapada romantică?"

"A fost bine, nu știu. Mi-a făcut multe surprize." A spus ea pe un ton detașat.

"Serios? Cred că ar fi trebuit să fii mult mai încântată după două zile petrecute împreună. Mereu te plângi că abia apucați să stați unul cu celălalt."

"Știu, dar mereu a lucrat. Am sta sâmbătă aproape toată ziua singură lângă piscină, erau acolo tinerii, familii, toți se distrau, numai eu stăteam singură! Și fără telefon, așa am convenit când am plecat. Numi că, de îndată ce am ajuns, deja a început să lucreze. Am încercat să fac cum faci tu, să mă vadă frumoasă dimineața, dar până am ieșit din baie el deja era pe balcon vorbind la telefon." Ilinca era tristă, se aștepta să se întoarcă mai bucuroasă ca niciodată, în schimb era foarte dezamăgită.

"Mereu te superi când îți zic, dar cel mai bine ar fi să te îndepărtezi de el. Nu cred că o să o părăsească vreodată pe nevasta lui pentru tine, poate e timpul să mergi mai departe. Aș putea vorbi cu Andrei să vadă poate poți lua o slujbă la el. Ceva servicii clienți, cred că e în domeniul tău. Măcar încearcă altă slujbă. Ce naiba, ești și amanta lui, lucrezi de aproape un an acolo și tot nu te-a avansat. Nu ți-a promis că după trei luni o să îți dea un post de traducător?"

Ilica se simțea puțin încolțită. A luat două căni și a turnat cafea pentru amândouă. De multe ori când vorbea cu Adina era mai speriată decât ar fi vorbit cu mama ei. Părea mult mai dură, mult mai ancorată în realitate. Era o prietenă minunată, mereu gata să îi ia apărarea, chiar dacă nu ar fi avut dreptate. Nu prea îi convenea că de fiecare dată îi spunea să plece de lângă Matei. De când avea dragostea limite de vârstă?

"Mi-a promis că vom fi împreună, doar ți-am povestit de nenumărate ori. E complicat. Știi că nu poate să renunțe la tot, ea o să îl distrugă dacă află de noi. Nu pot să îi fac asta, mereu a fost atent cu mine. Știu că mă iubește."

Adina clătina din cap dezaprobator, erau de aceeași vârstă, și totuși era mult mai matură decât Ilinca.

"Așa o fi , nu te necăji, numai să nu pierzi anii degeaba lângă el. Până o lasă pe nevastă-sa asta o să meargă în cârjă. O zice lumea că ai ieșit pe

23

stradă cu bunică-tu!"

Era puțin ofensivă gluma făcută, dar Ilinca nu s-a supărat. Știa că Adina nu îi vroia decât binele, ca de fiecare dată. Așa că doar au izbucnit amândouă în râs.

"De ce nu îți propui un termen în care să vezi dacă se ține de cuvânt sau nu? Așa știi și tu ce e de făcut. Doar nu poți acum să îl aștepți ca Ileana Cosânzeana pe Făt-Frumos."

Pe hol se auziseră pași, pe ușa bucătăriei micuțe își făcu apariția Andrei. Era un tip înalt oarecum și slăbuț, dar nu era prea mare diferență între ei. Adina era cam la fel, înaltă si poate un pic cam slabă. Oricând ar fi putut să treacă drept un top model. Aveam mărimile ideale pentru asta. Andrei era un tip vesel, cumva complimentar Adinei. Ilinca ar fi putut jura că uneori el se comporta ca un copil când era dojenit de ea. Se înroșea tot apoi pleca rușinat capul. Erau minunați împreună, pasionali, totdeauna acolo unu pentru celălalt. Erau cuplul ideal, poate uneori îi privea cu gelozie pe ceea ce aveau.

"Ia uite cine s-a întors din țările calde" exclamă el vesel ca de obicei.

"Am fost la munte, Andrei!"

"Ai venit destul de bronzată, mi se pare mie, sau la fel ai și plecat?"

Au izbucnit cu toții în râs, Ilinca avea pielea măslinie. Mereu era bronzată. Glumeț ca de obicei. Era un prieten bun, nu era supărare peste care să nu te ajute să treci. Știa și el că era amanta domnului Ionescu, dar niciodată nu aducea vorba de asta. Probabil nu i se părea un lucru la locul lui. Omul era bătrân și însurat, din punctul lui de vedere două păcate majore într-o relație. Pe cât era de vesel pe atât era de strict cu cei din jurul său.

"Dacă tot suntem toți la un loc, ne întrebam dacă nu e timpul să avem conversația aia de care fugim mereu. Ilinca, noi am decis să ne mutăm împreună, acum mai rămâne să căutăm o locație potrivită."

Mai bine o lovea cineva în cap și s-ar fi simțit mai bine. Era pe punctul unui atac de panică, locuia cu Adina de patru ani. Chiar nu știa cum să locuiască de una singură, chiar nu vroia să caute pe altcineva cu care să locuiască. Multe gânduri au început să îi alerge prin cap. Oare era din cauză că era cu Matei? Ce întrebare stupidă, sigur era timpul să meargă și ei mai departe în relație, erau de trei ani

25

împreună. Andrei mai tot timpul stătea acolo. Mai bine se mutau ei cu ea.

"De ce nu vă mutați voi cu mine?"

Deodată se făcu o liniște, încât se auzea ticăitul ceasului din sufragerie. Toată lumea înghețase exact acolo unde se afla. Cei doi nu erau prea încântați de ofertă. Era loc pentru toți trei, dar ei ar fi vrut să stea singuri, era timpul să aibă cuibul lor, un loc pe care să îl numească acasă.

"Ce-ar fi să merg să îmi fac niște cumpărături, că nu mai am chiar nimic prin frigider și până mă întorc voi decideți cum ar fi mai bine?" Trebuia să le dea puțin timp să vorbească între ei, normal că nu putea să se hotărască așa deodată, nu aveau cum să se înțeleagă doar din priviri, oricât de compatibili ar fi fost ei. Sigur nu erau nici pe departe telepați.

După o pregătire de aproape jumătate de oră, Ilinca plecă tristă, gândindu-se că avea să fie singură, că se va întâlni cu prietena ei din ce în ce mai rar. Probabil că Andrei îi va ocupa tot timpul liber care abia îi mai rămânea la sfârșitul zilei. Nu mai avea să fie loc și pentru ea în viața lor. Poate Andrei nu o mai plăcea din cauza aventurii pe care o avea cu

Matei? Dar acesta fusese un lucru bun, se mai maturizase, era independentă, nu mai trăia în lume cărților ca în timpul facultății, acum gustase și ea în sfârșit din lumea reală. Dar acum nu îi plăcea că avea să fie singură din nou, să nu aibă cu cine împărtăși experiențele vieții.

Nu avea de gând să meargă la supermarket, așa că în loc să o pornească spre magazin, o luă aiurea prin oraș. După vreo jumătate de oră însă nu mai avea chef de nici o plimbare, chiar dacă nu purta tocuri. Dar nici nu se putea întoarce așa repede înapoi, probabil cei doi mai avea de vorbit. Nici nu prea avea idee cât de mult le-ar fi trebuit să ia o hotărâre, de obicei erau cam amândoi de o părere. Dar asta era o decizie importantă. Toată lumea avea planuri de viață înaintea ei.

Îi venea să meargă la birou să îl vadă pe Matei, dar știa că nu era prea potrivit să facă asta. Chiar dacă era luni, erau liberi azi la birou. În timpul cât au fost plecați se spărsese o țeavă de la apă și nu găsiseră pe nimeni să o repare până luni. Se aștepta ca Matei să fie acolo, dar nu putea să apară și ea, cu toate că i-ar fi plăcut să mai petreacă o zi împreună.

Trecând pe lângă terasele din centru, s-a oprit la

una din ele să comande ceva de mâncare. Ilinca avea o siluetă de invidiat din cauza eforturilor susținute, salate și exerciții, dar uneori simțea că leșină de foame așa că azi părea una din zilele în care avea să se răsfețe cu ceva bun.

Stând singură pe terasă, deodată o fată s-a apropiat de ea zâmbind.

"Ilinca! Ce bine îmi pare să te văd!"

Ilica zâmbi și ea bucuroasă. Era Simona, o prietenă din liceu. Nu mai vorbiseră de ani buni pentru că se mutase cu părinții ei înafara țării.

"Și mie!"

Cele două s-au îmbrățișat cu sinceritate, se pare că nu se mai văzuseră de șapte ani. Era mult timp, și chiar dacă își mai verificau din când în când statusul social, nu mai vorbiseră cum o făceau la început. Dar sentimentul era sincer, chiar se bucurau să se vadă una cu alta.

"Doamne, nu ne-am mai văzut de ani buni. Ești venită în vacanță?"

"Bunica mea nu se simte bine, după cum știi mi-a fost ca o mamă. Am decis să petrec timpul care i-a mai rămas cu ea. Și așa mare lucru nu mă așteaptă

28

acolo, știi că nu îmi place să stau locului."

"Îmi pară rău să aud de bunica ta, dar sincer mă bucur că te pot revedea. Dacă nu te grăbești mi-ar place să vorbim. Nu vrei să mi te alături?"

"Nu aș vrea să te deranjez, poate aștepți pe cineva." A spus Simona privind în jur.

"Nu, sunt liberă astăzi, am ieșit singură în oraș. Toată lumea e ocupată cu altceva."

Ilinca zâmbea oarecum forțat la realizarea faptului că nu prea avea prieteni, mai știa ea pe cineva ici pe colo, dar nu mai ieșea cu nimeni. Grupul cu care mai petrecea timpul ocazional era de fapt al Adinei, nu al ei. De când cu Matei nu mai apuca să aibă o viață socială sănătoasă pentru că nu știa niciodată când putea să o vadă, trebuia să fie acolo pentru el.

"Sincer, am ieșit ca să mă întâlnesc cu un fost coleg de liceu, am locuia chiar lângă bunica mea. Dar a fost plecat la munte astea două zile, și nu am putut da de el."

"Atunci ne vom vedea altă dată ,nu am știut că ai o întâlnire."

Simona a început să râdă.

"Ai rămas exact așa cum te știam, nu vrei să superi pe nimeni. Nu am o întâlnire romantică, de fapt am să îl aștept aici cu tine dacă nu te superi."

Ilinca nu a mai îndrăznit să mai comande de mâncare chiar dacă simțea o foame teribilă. Dar în același timp se bucura că se reîntâlnise cu Simona, nu au fost ele chiar cele mai bune prietene, dar era amuzantă și ar fi putut bine dispune cel mai trist om de pe pământ.

Cele două fete au început mai întâi să depene amintiri, apoi să povestească fiecare ce a mai făcut în ultimii ani. Viața Simonei părea tumultoasă, avusese mulți iubiți, fusese la festivaluri muzicale în aer liber timp de săptămâni, chiar dacă nu avea o slujbă stabilă se implicase în atâtea activități caritabile ca voluntar, următorul pas avea să fie Peace Corps. Viața ei era ca un vis, putea să facă tot ceea ce își dorea fără nici o reținere. Momentan, dădea lecții de spaniolă ca să se poată întreține cât va sta cu bunica ei. Și nu avea nici o intenție să se stabilească undeva. Ce diferență uriașă între Adina și Simona. Adina mereu urmărea stabilitatea. O slujbă stabilă, o relație stabilă, acum urmărea să își întemeieze o familie.

"Plănuiești să stai mult aici?" a întrebat Ilinca de-a

30

dreptul fascinată. Își închipuia ce mult ar i-ar fi plăcut să cunoască oameni noi, să vadă atâtea lucruri fascinante.

"Până când bunica va trece dincolo, chiar nu aș vrea să fiu plecată și să nu am șansa să îmi iau rămas bun de la ea. Știi că ea m-a crescut de mică, dacă părinții meu au tot fost plecați. Mi-a fost mai mult decât o mamă, nu pot să o părăsesc acum când e în ultimele ei momente. Dar destul despre mine, nu mi-ai spus nimic despre ce se întâmplă cu tine. Ai terminat facultatea? Ai luat o slujbă care îți place?"

"Am terminat-o anul trecut, acum lucrez la un birou de traduceri, nu ca traducător cum îmi doream , ci ca recepționistă. Sper ca în curând să pot obține postul pe care mi-l doresc." A spus ea lăsând deoparte detaliul că se vedea cu angajatorul.

"Știu că mereu ai fost o familistă convinsă, nimic planuri acolo? Sincer mă așteptam să fii deja căsătorită poate chiar cu copii."

Uitase că asta nu prea îi plăcea la Simona, punea uneori întrebări foarte inconfortabile.

"Nu încă, am zis să mai aștept puțin să avansez profesional. Nu prea am avut timp în ultima vreme de relații." A mințit Ilinca.

"Și mie mi-ai spus că aștepți pe cineva!" se auzi deodată o voce masculină din spatele Ilincăi. Părea o voce cunoscută, parcă o mai auzise undeva.

"Vă cunoașteți?" a zâmbit Simona ștrengărește.

Stătea tot în spatele ei și parcă nu îndrăznea să se întoarcă spre el.

"Nu prea, poate de acum." A spus vocea masculină.

Băiatul intră în raza vizuală a Ilincăi. Același Adonis frumos de la piscină.

"Stai jos, sau te grăbești undeva?" l-a întrebat scurt Simona.

"Aș vrea să vă țin companie, dar nu am decât vreo jumătate de oră." A spus el fără să își ia ochii de la Ilinca.

Aceasta credea în coincidențe și în planuri mărețe ale sorții, dar deja era prea mult. Un val nebun de adrenalină îi inundase corpul, nu știa ce să spună ce să facă. Vroia să se scuze și să meargă cinci minute la baie ca să se reculeagă, dar nu îndrăznea să se ridice de frică să nu dărâme ceva în calea ei.

În cele din urmă a decis să se ridice. Simțea cum îi tremură mâinile, pe față avea un zâmbet stupid pe care nu îl putea ascunde.

Uitându-se în oglinda de la baie nu îi venea să creadă de ce avea o asemenea reacție. A dat vina într-un final pe consumul de cafea, chiar dacă avusese numai o ceașcă, și mai mult dacă bea nu tremura așa ca astăzi. Se întreba dacă nu cumva schimbase Adina cu ceva mai tare de reacționa așa deodată.

Se mai calmase puțin, dar la întoarcere nu observase că un scaun era puțin mai ieșit, chiar lângă masa lor și s-a împiedicat de el. Nu a văzut decât cum pământul se apropie deodată de ei, apoi niște brațe protectoare o cuprind în ultima clipă. De groază însă a închis ochii. Băiatul o privea zâmbind, simțea că privirea lui sfredelitoare ajungea până în adâncul sufletului ei. Avea ochii albastru închis, nu mai văzuse ceva asemănător, părul șaten deschis la culoare, nu era tiparul obișnuit. Era puternic, niciodată nu se simțise așa în brațele lui Matei. Privindu-i buzele simțea un impuls ciudat să îl sărute.

”Te-am prins, nu te speria.” Chipul lui zâmbea, chiar nu mai vedea nimic în jur decât pe el.

Nu era nici pe departe speriată. Simțea fața cum îi ardea, probabil se înroșise așa de tare. Nu era ziua potrivită în care să nu pună fond de ten. Ilinca s-a așezat la masă, și spre surprinderea ei nimeni nu râdea, Simona o privea apoi a întrebat-o dacă se simte bine. Nu știa ce să facă, așa că după vreo cinci minute s-a scuzat că trebuie să plece. A schimbat numere de telefon cu prietena ei regăsită apoi a plecat spre casă rușinată de toate cele.

"Cum am putut să fiu așa neîndemânatică? Ce naiba se întâmplă cu mine, parcă aș avea 18 ani iar!"

În situații ce îi ce îi dădeau tot felul de emoții, Ilinca devenea neîndemânatică. Vorbea mai repede decât de obicei, îi tremurau mâinile, era foarte greu să își controleze aceste ieșiri. Acum era conștientă de ele și se putea abține, dar în adolescență apărea ca o persoană neîndemânatică. Până și în momentul în care trebuia să dea răspunsul corect unui profesor devenea emotivă și scăpa tot din mână cu toate că știa răspunsul corect.

Astăzi nu ar fi avut nici un motiv să se comporte așa, dar fără să realizeze prezența lui o făcuse emotivă. De când li se alăturase la masă nu auzise un singur cuvânt din ceea ce se vorbise, apoi a

34

plecat speriată şi ruşinată. "Oare cum îl chema? Stătea în apropiere? Părea de vârsta ei, sigur avea vreo iubită din grupul cu care fusese la munte. Oare cum de arăta atât de bine, sigur petrecea mult timp făcând exerciții. Hm, deci nu avea timp de nici o iubită. Poate era singur... Poate de asta venise la ea lângă piscină, o plăcea...Am fi făcut un cuplu frumos...oare cum e pielea lui la atingere? Ce brațe puternice avea, ce parfum oare poartă? Doamne, de ce mă gândesc la lucrurile astea?" A plecat capul ruşinată, de parcă cineva i-ar fi putut citi gândurile.

Ajunsese în fața blocului, nici măcar nu îşi amintea cum a ajuns acolo. Abia aştepta să urce să îi povestească tot Adinei. Ce întâmplare neaşteptată. Pe la jumătatea scărilor şi-a pierdut însă entuziasmul, Adina avea alte lucruri pe cap, nu avea timp de aşa ceva.

Capitolul III

"Ilinca, ce faci aici?"

”Mi-am uitat cheile acasă, Adina a plecat, nu am unde să merg, nici nu știu unde e că mi-am uitat și telefonul acasă azi dimineață. Mă gândeam dacă aș putea să stau cu tine pentru restul zilei.”

Matei o privea serios, și nu părea deloc bucuros de surpriză.

”Dragă, știi că nu se poate!” șoptit el.

”Matei, vino înapoi, nu am terminat încă!”

Inima Ilincăi începu deodată să bată speriată la auzul vocii doamnei Ionescu.

”Dar ea ce caută aici?” a întrebat la fel de șoptit chiar dacă îi venea să urle în gura mare.

”Mai încet, să nu audă că ești tu. Pleacă imediat, o să vorbim mâine, nu poți să stai aici!”

”Dar..” Nu a apucat să mai spună nimic, Matei i-a închis ușa în nas, apoi a auzit cum o încuie. De-a dreptul aiurea, de ce nu îi spunea odată de ei, apoi să o lase și să trăiască fericiți împreună? Pur și simplu o alungase de acolo fără să îi pese. Ea nu avea nimic de făcut lunea? Oare de ce mai stătea cu el, dacă nu le mai păsa unul de altul? Oare ce făceau înăuntru?

Fără să vrea se simțea geloasă, se mustra că nu mai stătuse dimineață cu cei doi, se bucura de compania lor. Amintirea micului incident o făcuse să roșească instantaneu fără să îți dea seama. Apoi începuse să compare corpul tânăr al băiatului cu cel al lui Matei. "Dar eu de ce îmi mai pierd vremea cu el dacă nu are nici o intenție încă să fim împreună?"

Chiar nu știa ce să facă cu restul zilei, ca niciodată își uitase telefonul acasă, nu putea să sune pe nimeni, nu putea să afle unde au plecat Adina cu Andrei. Știa că urmau să fie liberi amândoi. Poate plecaseră să vadă potențiale noi locuințe. Noroc că îți luase portofelul cu ea.

Era foarte supărată că îi găsise pe cei doi soți împreună, nici măcar nu o întrebase dacă are nevoie de ceva. Dacă se întâmplase ceva cu ea? Pur și simplu s-a comportat de parcă nu o cunoștea.

Nu avea altă soluție decât să se îndrepte spre molul din oraș, acolo avea să mai piardă vremea, să își cumpere ceva frumos poate. Era și cinema, atâtea filme noi ieșiseră, numai fusese de când era cu Matei. Abia acum realiza că nu o scotea nicăieri, parcă avea o sută de ani și se rușina cu ea.

Trecând prin parada de magazine, văzuse atâtea lucruri frumoase, dar se simțea prea tristă să își cumpere ceva. Până la urmă se decisese asupra unei eșarfe roșii. Văzuse atâtea filme în care femei pasionale se îmbrăcau în roșu. Se simțea la fel, dar nu prea îndrăznea să se îmbrace în culori tari, chiar dacă îi veneau ca o mânușă.

"Mi s-a părut că tu ești! Ciudat să ne vedem de două ori în aceeași zi fără să ne propunem!" a auzit aceeași voce masculină de dimineață, în timp ce aștepta să își ia bilet pentru a intra la un film.

"Mi se pare că mă urmărești. Nu-mi zi că mergem să vedem același film!" a sus el din nou glumeț.

Ilinca își amintise că nici măcar nu îl întrebase cum îl cheamă, aceeași senzație de amețeală o luase iar. Parcă tensiunea i-o luase razna. Își spunea că se poate controla, dar în momentul când s-a apropiat de ea a simțit parfumul intoxicant de dimineață. Se pare că viața avea alte planuri pentru ea până la urmă.

Se pare că mergeau la același film. Acum nu mai știa ce să facă, se temea să nu mai facă ceva neîndemânatic, dar nu avea unde să meargă așa că a decis să intre. Nici măcar nu fusese atentă ce film era, doar a cumpărat bilet pentru care rula primul.

A intrat în sală și s-a așezat unde era locul ei, spre marea ei mirare și băiatul s-a așezat lângă ea. Sala era aproape goală, doar câțiva tineri erau puțin mai în față. De tot dacă erau zece oameni înăuntru. Chiar nu înțelegea cum de s-a nimerit să aibă bilet chiar unul lângă altul. Era într-adevăr un oraș mic, dar chiar să se întâlnească așa unul cu altul...Nici măcar nu știa cum îl cheamă.

"Nu pari a fi genul căruia să îi placă filmele de groază." I-a spus el privind-o oarecum mirat.

"Nu am un gen preferat" spuse ea. Încercă să zâmbească, dar părea mai mult să fie o grimasă de terifiantă. Chiar trebuia să se uite mai cu atenție. Detesta filmele de groază, chiar o speriau, apoi îi dădeau coșmaruri câteva luni bune. Încerca din greu să le evite, nici măcar nu îndrăznea să e uite când le dădea reclamă la televizor. Primul gând care i-a venit în minte a fost să se ridice și să fugă, dar nu vroia să pară o pisică sperioasă așa că a înghițit în sec și a rămas așezată.

Părea să fie cel mai teribil film văzut vreodată. Toată lumea țipa, fantome și tot ce se mai putea ieșeau de peste tot. Cel mai oribil lucru cu puțită.

Ilinca stătea mai mult cu ochii închiși decât cu ei deschiși. Nu era sigură dacă companionul ei observase lucrul ăsta, dar nici nu observară că acesta îi arunca priviri pe furiș. Era prea speriată ca să mai poată vedea ceva pe lângă ea. Ce groaznic, toți zbierau, țipau, și fantoma aia venea noaptea și o mângâia pe fetiță...Deodată a simțit cum cineva o ia de mână, a vrut să tragă o tragă speriată, însă când a văzut că era el, nu a mai luat-o, ci s-a simțit mai în siguranță alături de el. Nici nu se mai gândea la Matei, nu se mai gândea la nimic, în minte îi venea doar gândul cum ar fi să își lipească capul de pieptul muscular, să îi sărute buzele voluptoase.

Deodată filmul nu mai părea așa de înfricoșător, se simțea în siguranță alături de el. nu era nevoie de cuvinte, nu era nevoie de nimic. Simțea cum încerca să își sincronizeze respirația cu a lui, dar nu îndrăznea să ridice privirea să ridice privirea spre el. Era totul ca într-un vis pe car ar fi fost frumos să îl viseze întotdeauna. Nu îl cunoștea, nu o cunoștea, și totuși sufletele lor se îmbrățișau în poezia tăcută a gândului.

Nici nu a simțit când a trecut timpul, deodată pe ecran apăruse scrisul de la finalul filmului. Atunci

Ilinca a constat că stătea cu capul pe umărul lui, de asta îi auzea respirația atât de aproape. El o privea zâmbind, dar nici unul nu îndrăznea să se ridice. Deodată însă a tras-o spre el și a sărutat-o cel mai pasional sărut pe care l-a simțit Ilinca vreodată. Se simțea de parcă nu mai sărutase pe nimeni niciodată. Simțea cum pur și simplu se topește.

Când s-a oprit însă, realitatea a lovit-o deodată. Avea pe cineva, ce naiba făcea? În preajma lui nu mai gândea cum trebuie, se comporta de-a dreptul nebunește. Își pierdea capul pur și simplu. S-a ridicat deodată, apoi a dat să plece.

"Îmi pare rău" a spus el. "Nu am vrut să te supăr, dar nu mă pot controla în preajma ta!" i-a spus mângâindu-i umărul.

Fata se gândi "nici eu". Dar își continuă drumul printre scaune apoi afară din sala de cinema cu genunchii moi, de parcă mai avea puțin și leșina.

"Ar fi bine ca Adina să fie acasă, mai am un pic și mor" și-a spus ea plutind ca într-un nor.

Nici nu își amintea cum ajunsese. Tot corpul și-l simțea arzând, tremurând. Nu se gândea decât la acel sărut, nu se gândea decât la momentul când avea să îl vadă din nou. Oare avea să fie curând?

Era cel mai bun lucru care i se întâmplase vreodată.

Adina i-a deschis ușa, însă Ilinca nu a spus nimic, s-a îndreptat direct spre camera ei tulburată. Uitase că prietena ei avea să se mute, nu mai conta. "Ce naiba e cu mine, credeam că am depășit perioada asta prostească. Parcă sunt iar la 18 ani." Ziua ei avea să fie în patru zile, măreţul 25. Si ea se comporta tot adolescentin. De ce îl sărutase dacă se credea atât de îndrăgostită de Matei? Când avea să îl sărute iar? Nimic nu mai avea sens. Era amanta care urma să aibă un amant!

Deodată auzi bătăi în ușă.

"Pot să intru?" se auzi vocea cunoscută a prietenei sale rupând-o din tornada în care se afla.

Pe de o parte vroia să îi spună întâmplarea, pe de altă parte nu ar fi vrut să o împartă cu nimeni. Era secretul ei.

"Nu am vrut să te supăr dimineaţă, dar trebuie să înţelegi că nu puteam trăi aşa la nesfârşit. Trebuie să mergem mai departe, poate să ne întemeiem familii mai târziu." Uitase cu desăvârşire de lucrul ăsta, la început chiar se uita confuză, nu mai știa despre ce e vorba.

"Nu sunt supărată, știu că trebuie să avansăm la altă etapă din viața noastră. Doar că, mereu ai fost acolo să mă îndrumi. O să îmi lipsești foarte mult."

Adina zâmbi "Se pare că nu am făcut o treabă prea bună de vreme ce umbli cu un bărbat însurat!"

Ilinca simți ca niciodată un val de rușine. Nu se gândise niciodată așa, dar era de fapt adevărul. În locul doamnei Ionescu nici ea nu ar fi vrut să afle că soțul ei avea o aventură. Atunci cum avea să se sfârșească totul? Care era rolul acestei relații?

"Ce ați decis? Mai stați cu mine?" a schimbat ea vorba.

"Sincer am decis să ne luăm locul nostru. Suntem împreună de multă vreme, cred că e timpul pentru pasul următor." A spus Adina destul de serioasă.

"Mă ajuți să caut o rochie albă?"

Ilinca a rămas blocată, chiar nu se aștepta la asta, era chiar ultimul lucru ce i-ar fi venit în minte când i-au spus că se mută împreună.

"Ce vești minunate. Când aveți nunta?" a spus ea cu entuziasm, dar foarte surprinsă. O luase un pic pe nepregătite vestea, nu știa exact care ar fi fost reacția corectă.

"Nu e chiar o nuntă, o să facem doar cununia civilă, nunta poate să mai aștepte." A lămurit-o Adina.

Păreau că făceau lucrurile puțin în grabă, de obicei nu se grăbea la nimic, mai întâi analiza lucrurile de o mie de ori apoi făcea un lucru. I-ar fi spus ceva, dar era prea preocupată de întâmplarea anterioară. Nu se putea gândi decât la el. Era însă prea rușinată să spună ceva. In jumătate de zi complicase lucrurile mai tare decât erau.

"Oricum ar fi, abia aștept să te văd mireasă. Să fiu sinceră, dintotdeauna am avut impresia că voi fi eu înaintea ta, dar uite că s-au schimbat puțin lucrurile. Chiar mă bucur pentru tine."

Era om și era normal să se simtă oarecum invidioasă, tot ceea ce și-ar fi dorit vreodată Adina avea fără măcar să le plănuiască.

Capitolul IV

"I-ai spus?" a întrebat Andrei.

Adina a clătinat din cap că nu.

"I-am spus doar că o să ne mutăm și o să ne luăm

casă noastră, i-am spus de căsătorie."

"Dacă nu vrei să ne căsătorim, nu te oblig. Oricum ar fi, mereu voi fi alături de tine." Andrei a luat-o în brațe cu drag sărutând-o ușor pe frunte.

"Nici eu nu mai știu ce mai vreau. Dar în situația de față cam ăsta ar fi cea mai bună alegere. I-o fi trecând până la urmă maică-ti nervii că ești cu mine și nu cu cine spune ea." A adăugat ea cu o oarecare furie.

Amândoi au izbucnit în râs. Cum putea să nu o iubească, din ce era mai rău ea vedea ce era mai bun. Niciodată nu vedea că lipsește ceva, ci că altceva era din belșug. O știa cât era de înfricoșătoare la muncă, pe atât de dulce era cu el. Dar nici nu îndrăznea să o sfideze prea mult. Mereu trăia cu frica să nu plece într-o zi, nu era femeia care să depindă de cineva.

"Oare cum de s-a întâmplat să rămân gravidă? Mereu am fost atenți. Ce nebunie, mă bucur pe de o parte și mă sperii pe alta!"

Andrei era în al nouălea cer de când aflase vestea. Chiar nu înțelegea de ce nu o plăcea, mama lui era la rândul ei un fel de leoaică, i se părea că cele două aveau foarte multe în comun. Niciodată nu îndrăznise să îi iasă din cuvânt, dar tocmai faptul că o vroia pe Adina nu l-a lăsat să o mai asculte. Nu fusese tocmai un lucru rău că era cu ea, așa a reușit să iasă și el de sub aripa ei, să învețe să zboare singur.

"Mama ta mă urăște, se vede de pe lună. Chiar nu înțeleg de ce nu mă place deloc. Nu îmi amintesc chiar să îi fi spus nimic niciodată, mereu am fost respectoasă față de ea, dar sincer e o femeie imposibilă. Mai aude acum că ne căsătorim și că mai avem și un copil, deja nu o să mai vorbească cu mine pentru mai bine de o sută de mii de ani!"

"Nu te îngrijora, nu am să îi spun nimic, dacă ea crede că nu se poate înțelege cu tine, atunci nu văd de ce eu aș mai vorbi cu ea. Am să o invit când o să fie nunta, până atunci nu mai am nimic să îi zic."

Oricare alta s-ar fi bucurat de dedicația lui către relație, însă Adina nu era în totalitate bucuroasă de situație. Ea și-ar mai fi dorit să aibă o mamă, oricum ar fi fost. Din păcate mama ei plecase între cei drepți când ea era de vreo trei ani. Nu și-o mai amintea deloc, dar faptul că a crescut singură, fără să aibă frați sau surori sau fără să aibă pe cineva mereu lângă ea, a făcut-o dură, distantă cu toată lumea. Cu greu se împrietenea pentru că nu avea răbdare cu mofturile tuturor. În relația asta intrase mai mult că Andrei pur și simplu o urmărea pretutindeni, îi aducea mereu flori. Când l-a cunoscut mai bine însă, a văzut că era un băiat deosebit.

"Nu crezi că ar trebui să îi spui și Ilincăi?"

"Nu pot să îi spun, mereu m-a văzut ca pe cea mai matură dintre noi două, să am un copil acum e un lucru total greșit."

Se vedea că Andrei era de-a dreptul supărat de afirmația asta. "Trebuie să mă întâlnesc cu mama pentru cină, mă întorc până în 11."

Uitase că în fiecare luni se vedea cu mama lui pentru cină. În ciuda a toate, păreau să fie buni prieteni. Pe de o parte îi spunea să nu mai fie cu ea, dar pe de altă parte totuși nu încetase să îl vadă.

Andrei a comandat un taxi care l-a dus direct către restaurantul lor obișnuit. Mama lui deținea jumătate din el, nicio nu era de mirare că mâncau acolo.

"Dragule, ce surpriză plăcută!" l-a întâmpinat o femeie ce la prima vedere părea simpatică, cu părul prins coc în vârful capului, rochia ei neagră îi venea perfect, era pieptănată în detaliu, și în mod sigur își ascundea vârsta foarte bine. Părul ei castaniu nu arăta nici un fir de păr alb. Timpul petrecut la sala de sport dădea rezultate la fel și cel petrecut cu antrenorul personal, corpul ei ar fi putut trece oricând drept unul al unei femei de maxim treizeci de ani.

”Mamă, ne vedem aici în fiecare luni la aceeași oră de ani de zile. Cred că te așteptai să mă vezi!” i-a zâmbit Andrei.

”Nu chiar, acum mă gândesc cu groază la ziua în care nu vei mai veni, fiind ocupat cu alte lucruri. Niciodată nu ai fost interesat de restaurantul ăsta. Aș putea funcționa mult mai bine cu puțin ajutor din partea cuiva.”

Mereu aceeași conversație, dar Andrei știa că mama lui e un maestru în a manipulării. Întotdeauna îl făcea să facă ceea ce vroia ea fără ca el să își dea seama măcar. Aș ajunsese arhitect fără măcar să îi placă. Lui îi plăcea să picteze, dar mama lui l-a sfătuit că nu va avea nici o șansă să se întrețină pe sine sau o eventuală familie din ceea ce câștiga un pictor, din punctul ei de vedere acesta at fi câștigat ceva cu minus zero.

"Prietena ta e bine?" a spus ea deodată.

"Da mamă, tot împreună suntem." I-a răspuns fără să ridice capul din farfurie, de parcă nu ar fi prezentat nici un interes conversația respectivă.

"M-am întâlnit ieri cu o prietenă mai veche, o știi, doamna Ionescu." Deodată Andrei se opri din mestecat fără să vrea.

"Se pare că anul trecut și-a găsit o amantă, e îngrijorată ca relația continuă și acum. A mai făcut el din astea, dar niciodată nu au durat atât, de obicei erau mici escapade. Se gândește să îi pună capăt ea însăși." Vorbea liniștită fără să se uite la Andrei, mereu îl trata ca pe un egal, nu ca pe un copil. O discuție de gemul nu era neobișnuită, chiar dacă unora nu li s-ar fi părut potrivit să discute asta cu fiul său.

Niciodată nu îi plăcuse pe soții Ionescu, erau ca o boală, erau mai răi decât ciuma. Pe unde treceau, după ei potopul. Amândoi aveau amanți, știau unii de alții și nu îi deranja câtuși de puțin. Uneori chiar vorbeau unul cu celălalt despre ei. Nimic nu i se păruse mai ciudat de atât. Îi părea rău pentru Ilinca, căci e ea era aceea ce avea de suferit de acolo.

"Mamă, prea multă informație. Mai bine îmi spui ceva despre tine. Ce mai e nou?"

"Nimic mai exact, mai bine îmi spui tu ce mai e nou. Cât mai ai de gând să o continui cu fata asta?" a întrebat ea scurt fără altă introducere.

"Mamă, am de gând să mă mut cu ea, nu mai vorbi așa. Poate ar trebui să mai rărim mesele astea. Nu te supăra, dar mi-ai cam tăiat pofta de mâncare."

"Dragă, nu te supăra, știi că sunt bătrână, mi-e greu să înțeleg timpurile astea. Pe vremea mea fiecare își știa bine locul, nu trebuia să i-l arate cineva. Când m-am luat cu tatăl tău eram amândoi la fel, am muncit să ajungem unde suntem. Nu îmi plac oamenii ăștia care vor să ai totul de-a gata!"

"Mamă, știi că ea nu ea așa! Niciodată nu mi-a cerut nimic! Nu o cunoști deloc!" Femeia nu a mai spus nimic, ci doar a continuat să mestece liniștită fără să schițeze nici un gest.

"M-aș bucura odată să vin cu Adina, ai putea vedea ce femeie minunată e."

"Da, la mormântarea mea" se gândi femeia nervoasă. Însă nu a spus nimic, ci doar a zâmbit forțat.

"Sigur dragă, mi-ar plăcea să o cunosc mai bine, dar e prea devreme. Poate te vei răzgândi după aia, chiar nu aș vrea să pun nici o presiune asupra ta să rămâi cu ea după aia. Știi la ce mă refer."

"Da mamă, întotdeauna ai fost cea precaută."

Tot restul mesei nu îi stătea capul decât la Adina și cum avea să îi spună mamei lui că așteptau un copilaș. Probabil că avea să îl dezmoștenească instantaneu, dar nu conta. Avea să depună toate eforturile necesare că să nu ducă lipsă de nimic familia lui. Era timpul si fie un bărbat adevărat, să fie soț și tată chiar dacă era destul de tânăr.

"Trebuie să plec, dar abia aștept să ne vedem lunea viitoare. Sper să ai o săptămână minunată ca tine!" A sărutat-o pe obraz ca de obicei apoi a plecat.

Mai era acum și micul detaliu în ceea ce o privea pe Ilinca. Dacă nu spunea nimic, apoi avea să se afle că știa, în mod sigur avea să tragă asupra lui furia Adinei că nu o avertizase. Nici nu mai putea să stea în aceeași cameră cu Ilinca știind de relația ei cu Matei Ionescu. Nu știa cum să o mai evite, nu știa cum să deschidă subiectul față de Adina fără ca să o supere. Ilinca avea să aibă cel mai mult de suferit din asta, ar fi trebuit să o avertizeze mai din timp, dar nu avea curaj. Acum mai venea şi ziua ei, chiar nu putea să îi strice bucuria. În sinea lui chiar spera că avea să o lase pe nevasta lui şi să înceapă o nouă viaţă alături de fata asta.

Plus că nici cu munca nu ajunsese prea departe, nu putea depăşi stadiul de intern. Niciodată nu avea nici o idee, era totul în zadar. Chiar vroia să lase totul şi să se mute la ţară, să înceapă să picteze aşa cum îşi dorea de multă vreme. Dar acum planurile lui mai trebuiau să aştepte, venise vremea când nu mai era pe primul loc aşa cum era obişnuit. Se simţea pe de o parte bucuros că avea să aibă o familie, pe de altă parte cel mai nefericit om că nu avea să îşi urmărească visurile niciodată.

Dacă toate sacrificiile astea aveau să fie în zadar, dacă Adina avea să îl părăsească într-o bună zi? Avea încredere în era, dar ea era o războinică pe când el era un visător. Oare care dintre ei avea să îţi ia concediu de maternitate când ar fi venit vremea?

Nici nu îndrăznea să îi spună Adinei că nu făcea destui bani momentan ca să poată să aibă grijă de familia lui. Cum puteau toate astea să fie posibile? Era cam târziu să dea înapoi de la orice, trebuia să îţi dea interesul la muncă, să încerce să avanseze cat mai repede. Era exact în locul în care fusese acum doi ani, încă se credea student, încă se credea un copil.

A scos telefonul și a sunat-o pe Adina. Vocea ei era ca o alinare pentru el.

"Ești încă trează iubito?"

"Da. La cât vii?" i-a răspuns ea pe un ton somnoros.

"Ajung cam în zece minute. Dacă e prea târziu pot să trec mâine. Știu că ești mai obosită acum." Ar fi vrut să o vadă, mai ales după ce se întâlnise cu mama lui, chiar avea nevoie de cineva care să îl aline.

Când a ajuns, Adina nu se simțea bine, arăta de parcă fusese lovită de o tornadă. La telefon tonul vocii ei nu dădea de bănuit, dar se vedea că plânsese, era palidă și cu cearcăne negre sub ochi. Se întreba oare ce se întâmplase cu ea, când plecase părea să fie în regulă, nu dăduse nici un semn că nu se simțea bine. Dacă ar fi știut, ar fi amânat cu siguranță să mai plece undeva.

"Nu sunt sigură dacă sunt pregătită să fiu mamă. Nu știu ce să fac! Acum sunt veselă, acum sunt tristă, simt că îmi pierd controlul. Mi-e rău mereu, nu știu cum să mai ascund asta de toată lumea. Câteodată simt că mă ia cu leșin, parcă nu mai am putere să merg pe stradă. Andrei, nu mă așteptam să fie așa."

Andrei a luat-o în brațe și a sărutat-o pe frunte, o ținea ca și cum ar fi ținut un copil mic în brațe. Nu mai văzuse niciodată atât de sensibilă, de obicei ea era cea care îi spunea că totul ca fi bine. Se simțeau mai apropiați ca niciodată, se bucura că acum puteau împărți totul.

Adina și-a ridicat ochii și l-a privit, el i-a zâmbit. Fără nici cea mai mică urmă de îndoială a simțit că el e bărbatul alături de care dorea să își petreacă restul vieții. Dacă uneori se mai îndoise din cauza lipsei lui de maturitate, acum era sigură că avea să fie alături de ea și în momentele grele, că aveau să facă lucrurile să meargă între ei, că aveau să fie fericiți indiferent de părerea celor din jur.

Mai erau multe de făcut, totul se întâmplase fără ca nici unul dintre ei să discute pasul următor. Dar părea că el de mult plănuia lucrul ăsta. Fusese seara când i-a spus că e însărcinată. Fără să se mai gândească la altceva, pur și simplu a cerut-o în căsătorie. Noroc că Ilinca era plecată, așa au avut casa doar pentru ei. Dacă ar fi fost să aleagă, cu siguranță era unul din cele mai frumoase momente din viața ei. În brațele lui se simțea protejată, nu era nevoie să fie un lider, ci se simțea egal cu el.

"Ai să fii cea mai bună mamă din lume, ai să vezi!"

Era foarte încrezător din câte se vedea, dar Adina se simțea mizerabil. Abia aștepta să treacă peste etapa asta. Chiar dacă nu recunoștea, situația era destul de înfricoșătoare pentru ea. Nu știa ce i se părea mai rău, faptul că nu se simțea bine sau faptul că viața o luase prin surprindere. S-a cuibărit în brațele lui încercând să adoarmă, niciodată în viața ei nu se simțise mai obosită decât acum.

Capitolul V

Nu avuând încotro, marți Ilinca a trebuit să meargă la muncă. Ciudat a fost că în loc să se gândească la Matei, s-a gândit la cel cu care își petrecuse toată ziua de luni. Părea că o urmărește, nu știa cum să reacționeze, dar se lăsase urmărită. Îi plăcea că dăduse de el. Se întreba cum de nu îi știa numele, cum de nu au schimbat numerele de telefon sau ceva și mai ales unde naiba a lăsat eșarfa aia roșie?

Intrase în clădire hotărâtă să îi spună lui Matei că totul s-a terminat, că nu va mai lucra acolo. Poate nu își dădea seama, dar încerca doar să fugă de tot, se simțea copleșită de-a dreptul. Speranța că avea să o părăsească pe soția lui se transformase oarecum în teamă căci în inima ei încolțise îndoiala dacă îl iubea cu adevărat. După ce vorbise cu Simona se pare că viața era mult mai mult decât ceea ce văzuse ea până atunci, de fapt cam jucase în liga mică până acum. Atâtea lucruri pe lume, și ea nu își dorise decât să fie nevasta cuiva. Ce fusese în capul ei până atunci? Nici nu vroia să își mai amintească cum ieri îi închisese ușa în nas, fără nici o explicație, cu toate că îi explicase de ce se afla acolo. Pentru el nu contau decât banii, ea părea să nu fie decât un extra în filmul lui, personajele principale erau de mult alese.

”Bună Ilinca, te-ai bucurat de cele trei zile libere?” a întâmpinat-o una din colege.

Ar fi vrut să spună nu, și să treacă mai departe fără

prea multă vorbă, dar era o colegă drăguță. Era zâmbitoare mereu, până și ochii îi avea zâmbitori chiar dacă purta ochelari groaznic de groși, abia se mai vedea dacă are ochi sau nu. Era ca o broscuță micuță și durdulie. Toată lumea vorbea cu ea, toți o simpatizau, era o companie plăcută mai tot timpul.

"A fost plăcut, m-am...relaxat" i-a răspuns cu un zâmbet forțat.

A intrat în spatele biroului de la recepție, privind plictisită și supărată. De obicei primul lucru pe care îl făcea era cafeaua pentru Matei. Apoi pregătea programul cu toate întâlnirile pe care le avea acesta, nu înainte de câteva îmbrățișări tandre în biroul lui. Azi însă parcă nici nu vroia să îl vadă, amintirea sărutului de la cinema o bântuia pretutindeni, un sărut cât o infinitate de sărutări, o amintire care o făcea să vibreze.

Matei a sosit ca de obicei la ora nouă, proaspăt și odihnit de parcă nu ar fi avut nici o grijă pe lume.

"Te aștept în birou, Ilinca" a spus el scurt trecând mai departe ca un robot.

"Bună ziua și ție" i-a răspuns fata, fără să îl privească. S-a ridicat deodată înfuriată și a pornit

57

spre biroul lui, chiar dacă nu trecuse nici un minut de când acesta sosise.

"Iată buburuza mea mică şi frumoasă!" a întâmpinat-o lăsându-se pe spătarul scaunului ca să o ia în braţe ca de obicei.

"Stai" i-a spus ea împingându-l. "Ce făceai ieri aici? Nici nu m-ai întrebat dacă sunt bine sau de ce am venit!"

"A! cu privire la ziua de ieri, ştiai prea bine că e prea nepotrivit să vii. Ştiai că soţia mea ar putea fi aici. Doar nu vrei să afle şi să îmi pierd munca de o viaţă! Ştii doar că e avocată, ştie cum să învârtă toate legile în favoarea ei fără nici cel mai mic efort!"

Privirea lui era serioasă, dar nu părea deloc înfuriat.

Ilinca îi considera atitudinea de-a dreptul zeflemitoare, parcă deodată începuse să vadă, parcă toată ceaţa aceea grea de până atunci se dăduse la o parte.

"Dragă, ştii că pe tine te doresc mai mult decât orice, de aceea vreau să îţi ofer o viaţă de regină! Cum crezi că aş putea avea grijă de tine fără ca să am la îndemână toate resursele?"

Fata nu spunea nimic, ci doar îl privea cu repros, și privirea ei înțepa mai tare decât o mie de cuvinte. Fără să vrea clătină din cap, poate nu era furioasă pe cât era de dezamăgită. Cum se ajunsese aici? Timp de nouă luni nu văzuse că nu era deloc pe primul loc, nici nu știa acum de unde își luase ideea asta.

"Nu știu cum să trăiesc fără bani, nu pot să trăiesc fără tine, dacă mă iubești cu adevărat atunci trebuie să îmi acorzi puțin timp!" Într-adevăr, Matei era în sfârșit sincer, dar era prea târziu pentru ea. Ca niciodată, acum îl vedea bătrân, îl vedea cum încerca să se agațe de o speranță.

S-a ridicat spre ea și a sărutat-o prin surprindere. Însă ea nu a mai simțit ca înainte, era un sărut gol lipsit de valoare, lipsit de dragoste. Ar fi vrut să îi răspundă cu aceeași pasiune ca de obicei, dar nu putea. Ca niciodată, se simțea folosită, Matei nu mai părea ca fiind cineva care se gândea la un viitor împreună, ci părea doar un episod distractiv. Se simțea oarecum înfuriată pe el, chiar nu putea fi în preajma lui. A ieșit fără să spună un cuvânt, în jurul ei era totul tăcere. Se pare că spuse ceva, dar a ieșit fără ca să îl audă.

Şi-a luat locul obişnuit la recepţie, fără însă să fie cu gândul la ceea ce trebuia să facă. Ca niciodată timpul trecu greu, nu avea nici o plăcere să muncească, simţea o oarecare repulsie faţa de Matei. Simţea că pur şi simplu o foloseşte, la fel cum îi spunea Adina întotdeauna. Cum de îi venise oare ideea că aveau să fie împreună? Nu îl mai vedea ca omul potrivit pentru ea, ci ca o greşeală pe care acum s-ar fi bucurat nespus să nu o fi făcut.

A luat receptorul şi după zece minute l-a sunat pe Matei în birou.

"Mă duc acasă, nu mă simt bine".

"Dar am nevie de ajutor, azi am nişte întâlniri cu edituri, doar ştii."

"Îmi pare rău, nu mai pot continua aşa!" a spus punând receptorul la loc. Şi-a luat haina şi a plecat. Îl auzi pe Matei strigând-o după ce a ieşit în stradă, dar nu s-a întors. Fără să vrea plângea, nici ea nu ştia cu exactitate de ce, dar acum ştia sigur că nu mai era cale de întoarcere sau poate nu mai ar mai fi vrut ca să fie.

Ajunsă acasă însă Adina se comporta şi mai ciudat, venise mai repede de la muncă şi se simţea rău. I-a spus că mâncase ceva ce probabil ieşise din termenul de garanție. Îi părea rău pentru ea, i-a făcut ceai și i-a ținut companie cu toate că nu ar fi vrut decât să se închidă în camera ei și să plângă.

"Mi se pare că nici tu nu ești tu însăți, s-a întâmplat ceva azi?" a întrebat-o Adina la un moment dat.

"Sunt bine, am avut doar o zi scurtă la birou, am nevoie de puțină odihnă, atâta tot". Adevărul era că Matei scursese viața din ea, îi omorâse cu totul spiritul, poate chiar era obosită cu adevărat de el.

Amândouă minteau și se puteau simți una pe alta, dar au preferat pur și simplu să nu spună nimic. Precis lucrurile erau în regulă s-au gândit ele și au plecat fiecare în drumul lor. Nu le stătea în fire să se mintă una pe alta, dar nici nu vroiau să se încarce una pe alta. Același sentiment de rușine le încărca însă pe amândouă.

Spre seară însă Adina decise să meargă și să doarmă la Andrei, avea nevoie mai mult ca niciodată de prezența lui. Doar el o făcea să se simtă puternică.

Deja fugeau de ea se gândi Ilinca, probabil că în curând avea să îi spună că se vor muta de tot în apartamentul lui. Dar ea nu știa că mama lui

Andrei nu i-ar fi lăsat niciodată să facă pasul ăsta. Mai bine ardea tot blocul din temelii!

Apartamentul micuț părea mai gol ca niciodată, nu îi plăcea să fie singură. Ar fi fost ocazia perfectă să vină Matei la ea, dar nu dorea să îl vadă. Pur și simplu s-a așezat în fața televizorului și a început să se uite la ce rula pe primul program deschis. Nu se gândea decât că iubirea era o mare pierdere de vreme. Matei părea că își iubea mai mult banii decât pe ea.

Deodată auzi bătăi in ușă. Oare cine putea să fie, Adina spusese că avea să petreacă noaptea la Andrei. Sau poate Matei avea să îi trimită flori să își ceară scuze de cum se comportase luni cu ea. Poate și ea exagerase, nu avea de ce să se supere chiar așa. Poate totuși mai exista o licărire de speranță pentru ei. A deschis ușa...era doamna Ionescu. A simțit cum i se oprește răsuflarea, cum picioarele i se taie, cum îi vine rău cu adevărat.

"Nu te îngrijora dragă, am venit să îl iau pe Matei" i-a spus aceasta pe un ton dur ce o lovise mai tare decât un cuțit în stomac.

"Nu...nu știu despre ce vorbiți." Se bâlbâi Ilinca. Chiar nu se aștepta la asta.

"Știai că e însurat, cât mai aveai de gând să continui cu prostia asta ce ți s-a părut ție a fi relație?" tonul ei era aproape șoptit, dar era așa de înfiorător încât ar fi împietrit și apele. "poate îmi faci favoarea să nu mai trebuiască să mai trec pe aici, Matei e un om foarte ocupat poate reușești să nu îl mai reții și tu."

Ilinca părea gata să leșine.

"Nu îmi spune că nu știai că vei fi doar o jucărie pentru el! Nu-ți fă griji, încet încet o să te maturizezi și tu!" Doamna Ionescu izbucni în râs. Ilinca însă avea deja lacrimi mari în ochi, i se prelingeau ușor pe obraji, sărate și arzătoare. Mâinile îi tremurau, ar fi vrut să îi trântească ușa în nas dar nu avea putere nici să mai respire normal. În jurul ei totul părea cețos, credea că o să se prăbușească în orice moment. Deci asta era pentru el, o jucărie! Și mai rău, nevasta lui știa de ea! Se agățase mereu de speranța că vor fi împreună, se vedea pășind spre altar alături de el...cum putuse să o mintă în halul ăsta?

Nu o mai vedea, doar o auzea râzând lângă ea. A simțit cum cade, dar deodată două mâini au prins-o. Râsul nu se mai auzea, nu se mai auzea de fapt nimic.

"Ilinca! Deschide ochii!"

Nu ar fi vrut, dar i-a deschis. Era o voce cunoscută. Era o voce de bărbat. La început a crezut că e Matei și a dat să se tragă din brațele lui, dar cum lucrurile începuseră să devină mai clare, a simțit acel parfum seducător cum îi învăluie simțurile.

"Ilinca, mă auzi?" a auzit șoptindu-i-i ușor, mângâindu-i părul.

A deschis ochii, și nu ar fi putut avea o imagine mai plăcută decât atât. Îi ținea capul în poală așezat pe canapeaua lor micuță din sufragerie. Timpul părea a se fi oprit în loc. I se părea așa frumos cum stătea aplecat asupra ei, era o imagine pe care ar fi putut-o privi la nesfârșit fără nici o umbră de plictiseală.

Era băiatul misterios, dar cum o găsise? Nu îndrăznea să spună nimic de frică să nu strice acel moment ce l-ar fi vrut să dureze pentru totdeauna.

"Ești bine? Păcat că am ajuns atât de târziu, nu te-ar fi supărat deloc dacă eram aici." I-a spus el ridicând-o spre el.

Ilinca l-a privit cu ochii mari, dar cuvintele nu îi puteau ieși din gură, simțea cum o îneacă. Și-a îngropat capul în pieptul lui, apoi a începu să plângă. Se simțea atât de stupid, cum fusese așa de oarbă? Matei era cel mai ticălos om, cel mai lipsit de scrupule, cum putea să se joace cu viața oamenilor așa? Dacă ar fi putut da timpul înapoi, singurul lucru pe care l-ar fi făcut ar fi fost să nu aibă o relație cu Matei Ionescu. Pentru ea, acesta era numele diavolului pe pământ.

”E în regulă, nu te mai supăra, a plecat de mult.” Încerca să o liniștească, dar ea se simțea mai rău ca oricând.

”Cum de ai venit? Cum m-ai găsit?” a întrebat după o vreme fata.

”Sincer, nu mi-am putut lua gândul de la tine, așa că am vorbit cu Simona, ea mi-a spus unde stai. Sper că e în regulă că am venit”. A scos apoi o eșarfă roșie. Era aceeași pe care o uitase luni.

”Îmi pare bine că mi-ai adus-o, e mică oază de bucurie pentru mine” i-a spus luând-o în mâini fără să își ia ochii de la el. Privirile lor parcă erau în transă, electrice, magnetice...

Fără nici o ezitare, Ilinca s-a apropiat și l-a sărutat. În sfârșit îi întorsese sărutul de la cinema. Se gândise într-una la lucrul acesta. El îi răspundea cu aceeași pasiune, prinzându-i părul strâns cu mâna în spatele capului.

Deodată el însă s-a oprit însă, privind-o.

"De ce te-ai oprit?" l-a întrebat ea întâlnind-i privirea.

"Nu vreau să profit, ești supărată...vreau să fii sigură că asta vrei..."

S-a ridicat de pe canapea, s-a ridicat și ea, dar în drum spre ușă Ilinca l-a îmbrățișat și i-a șoptit în ureche: "Mi-ar place foarte mult să rămâi!"

El a privit-o apoi a ridicat-o cu o mână de mijloc până la nivelul lui, lipind-o de perete și sărutând-o pasional.

"Nici nu știi cât mi-am dorit să fac asta de când te-am văzut!" i-a șoptit el cu o răsuflare fierbinte. Mâinile o căutau flămânde, plimbându-se pe toată suprafața corpului, strângându-i ușor fesele. S-au îndreptat spre canapea, el ținea strâns în brațe într-o îmbrățișare puternică, lipsită de orice logică sau premeditare. Își lăsase toată ființa în voia lui, nimic nu era mai perfect de atât. Nu mai exista nici trecut, nici viitor, doar clipa aceasta perfectă.

A doua zi, auzi semnalul obișnuit al telefonului,

trebuia să se trezească și să meargă la birou. Ca niciodată însă, era într-un stadiu de euforie, de parcă luase droguri. Amintirea serii anterioare o făcea să zâmbească. Dormise în brațele cuiva. Era minunat să te trezești la fel.

"Trebuie să pleci?" a întrebat-o el strângând-o ușor spre el și sărutând-o la fel de pasional ca și în seara anterioară. Era de-a dreptul amețită. Unde să plece dacă aici era cel mai perfect loc de pe pământ. Același parfum puternic încărcat de masculinitate plutea în jurul ei ca un nor magic.

"Nu știu" a răspuns Ilinca fără să se dezlipească de el.

S-a aplecat spre el și l-a sărutat. Apoi și-a lipit capul de pieptul lui. În minte îi veni episodul din seara precedentă, vizita neplăcută a doamnei Ionescu. Probabil că el văzuse totul, se simțea mai rușinată ca oricând de relația pe care tocmai o încheiase.

"Ai văzut tot ceea ce s-a întâmplat cu femeia aceea oribilă?" a întrebat Ilinca rușinată, ascunzându-și ochii de el. Simțea cum obrajii începeau să îi ardă.

"Da, nu-ți fă griji. Eu nu sunt însurat" glumi el.

”Nu e aşa”, spuse ea şi se ridică brusc din pat. ”De ce mă judeci fără să mă cunoşti?”

El se ridică în spatele ei, cuprinzându-i umerii cu mâna.

”Nu am vrut să sune aşa, ştiu sigur că lucrurile sunt altfel, am vrut doar să te fac să râzi.”

Ilinca i-a povestit totul, ce mai conta, oricum ştia mare parte. Se aştepta ca să plece, dar măcar se bucura că nu avea nimic de ascuns. Acum trebuia să ia totul de la capăt, să caute altă slujbă. Dacă ar fi putut, ar fi plecat de acolo pentru totdeauna, nu s-ar fi întors în oraşul ăsta blestemat niciodată.

Lucrurile păreau că îi scăpaseră de sub control cu totul şi chiar nu ar fi avut putere să îl confrunte pe Matei sub nici o formă. Nu îşi dorea decât să se ascundă în casă pentru totdeauna.

Nu părea nici şocat, nici speriat de ceea ce ea îi povestise, ci doar a sărutat-o.

”Trebuie să plec, dar dacă nu ai alte planuri vin la şapte să ieşim la cină. ” i-a spus pe un ton blând privind-o cu drag. Ar fi vrut să îi spună să nu plece, dar probabil totul nu fusese decât o aventură. Altfel, de ce ar fi plecat aşa deodată după ce îi povestise tot?

După ce el a plecat mai rămânea un singur lucru de făcut chiar dacă nu vroia. Avea în mână cerceii ce îi primise în week-end. Ce departe părea acum ziua aceea, parcă fusese în urmă cu ani buni. Nu știa exact dacă putea să îl vadă, dar faptul că el nu avusese o intenție serioasă asupra ei o durea cel mai tare. De o mințise atâta timp? În mintea ei își imagina cum avea să îi arunce spre el, cum avea să îi arunce cele mai tăioase cuvinte, dar adevărul era că se temea, nu avea curaj să nici să intre. Dacă i-ar fi scris o scrisoare nu ar fi fost mai ușor? Putea să îi trimită totul prin poștă. Dar nu, era mai bine să îi dea cutia în mână, să îi spună că totul se terminase, că nu mai avea nici un rost să o caute.

Tot felul de gânduri îi trecuseră prin cap, dar trebuia să scape din relația aceea bolnavă. Chiar dacă îți pierdea slujba, chiar dacă nu mai avea un iubit, trebuia să lase toate acestea în urma ei. Bărbatul cu care își petrecuse noaptea sigur fugise cât a putut de repede, dar nu mai conta. Avea să ia totul de la capăt fără să mai facă aceeași greșeală iar.

A intrat cu inima cât un purice, nu avea curaj nici să respire normal. De cum a intrat, a observat că la intrare era o altă fată. Se vede că era prima ei zi căci se comporta stângaci, mâinile îi tremurau. În schimb era frumoasă, blondă, înaltă, cu ochi mari albaştri. Într-adevăr, chiar era ca o păpuşă Barbie. Oare cum de o înlocuise aşa de repede? Îi venea să îi spună să lase tot şi să fugă de acolo cât o ţineau picioarele. A zâmbit doar şi a rugat-o să îl anunţe pe domnul Ionescu că Ilinca vrea să îl vadă.

Deodată Matei a ieşi din birou, cu o expresie nu tocmai plăcută. Nici nu se aştepta să fie altfel, dar trebuia să încheie socotelile cu el.

"Intră în biroul meu , acum!" i-a ordonat el pe un ton jos şi tăios. În mintea ei nu era decât că nu va mai ieşi întreagă de acolo. Ar fi vrut să refuze , dar nici nu putea să se certe cu el de faţă cu toată lumea.

"De ce ai plecat ieri?" a întrebat-o el aşezându-se în spatele biroului apoi arătându-i scaunul din faţa lui să stea jos.

"Ai o recepţionistă nouă?" i-a răspuns ea cu altă întrebare încercând din greu să îşi înghită lacrimile.

"Prostuţo, ea e acolo pentru că am alt post pentru tine, acum poţi să faci câte traduceri şi cate proiecte vrei!" Încercă el să zâmbească, dar nu semăna decât a grimasă.

"Nevastă-ta m-a vizitat aseară" i-a răspuns ea curajoasă. "Am vorbit lucruri interesante, printre care și faptul că știa de relația dintre noi. Ce mult m-ai mințit! Relația asta e cel mai toxic lucru care mi s-a întâmplat vreodată, sper cu tot sufletul meu să nu mai am de a face cu tine niciodată! Doar te-ai folosit de mine, cu toate că știai cât suflet am pus, eram în stare să mor pentru tine". S-a ridicat deodată, ștergându-și ochii umezi. A pus cutia mică pe birou.

Matei s-a ridicat de pe scaun cu o expresie gravă. A dat să se apropie de ea, însă aceasta a făcut un pas înapoi.

"Nu sunt una din jucăriile tale, ar fi trebuit să mă vezi ca pe un om!" i-a spus pe un ton jos, aproape înecată de plâns.

"Ilinca, îmi pare rău! Sigur putem discuta, nu credeam că o să am sentimente pentru tine!" încercă el să s explice, dar nu făcu decât lucrurile să arate și mai rău.

Ilinca s-a întors deodată spre el, dar nu a putut scoate nici un cuvânt. A ieșit trântind ușa în urma ei. Un val de adrenalină îi învăluise tot corpul, inima îi pompa mai mult ca niciodată. Auzul parcă îi țiuia. Nu mai vedea pe nimeni și nimic, a ieșit în stradă, apoi ajunsă la colțul străzii s-a așezat pe marginea bordurii și a început să plângă fără să îi pese de cei ce treceau pe lângă ea. O femeie a întrebat-o dacă e bine. I-a răspuns că da apoi s-a îndreptat spre casă fără să mai plângă dar simțind că ochii pur și simplu îi ardeau.

Acasă Adina o aștepta în sufragerie. S-a așezat lângă ea pe canapea, vroia să îi spună totul, dar nu avea curaj să înceapă. Părea că și prietena ei ceva să îi spună, își freca mâinile cu nervozitate, dădea să deschidă gura apoi o închidea la loc.

”Adina, ești bine?” a întrebat în cele din urmă Ilinca cu o voce greoaie.

”Nu chiar. Am niște vești teribile. Chiar nu știu cum să încep. Aseară mi-a spus Andrei.” A început ea puțin tulburată.

I-a povestit apoi tot ce îi spusese iubitul ei cu o seară înainte. Îi părea rău de Ilinca, dar își dorea cu adevărat să o protejeze de el.

”Cam târziu acum Adina.” I-a răspuns fata izbucnind în plâns. ”Ne-am despărțit, cred că așa era și cazul".

"Nu îți fă griji, sigur e cineva potrivit pentru tine, doar că nu l-ai cunoscut încă" încercă să o consoleze Adina.

"Păi în legătură cu asta, am cam făcut-o de oaie. Am cunoscut pe cineva." Apoi i-a povestit de bărbatul cu care se vedea de o săptămână.

"Te-ai culcat cu el și nici nu știi cum îl cheamă? Măi femeie, ești nebună?" a sărit ca și arsă Adina. "Ce naiba, nici nu te-ai despărțit bine de ăsta acuma!"

"Cred că m-am îndrăgostit!"

"Ilinca, nu te supăra căci știi că îți vreau doar binele. Așa ai zis și data trecută și uite unde s-a ajuns! Trebuie să îl cunoști și apoi să fii cu el!" Adina s-a ridicat în picioare, pornindu-se spre camera ei. Era de-a dreptul furioasă pe Ilinca, parcă niciodată nu se învăța minte.

"Nu știu ce m-a apucat, parcă mă ține sub o vrajă! Diseară la 7 vine să mă ia. Am niște emoții cumplite, nu am numărul lui de telefon, nu am adresa lui, nu știu cum îl cheamă! Doamne, ai dreptate! Ce naiba m-a apucat?" Se gândea că poate nu avea să vină, iar făcuse ceva greșit.

A plecat în dormitor lăsând-o pe Adina revoltată. Făcea greșeală după greșeală de parcă nu ar fi putut deosebi binele de rău, asemeni unu copil. Nu îi venea nici ei să creadă câteodată. "Se pare că nu sunt așa de inteligentă cum credeam, mai un pic și nu trec școala vieții" se gândi ea băgându-se obosită de toate în pat. Nu avea nici o fărâmă de speranță că el avea să vină.

Exact la șapte a auzit bătăi în ușă. Nici nu se sinchisi să meargă să deschidă, își închipuia cum era Matei sau oribila lui soție, sau mai rău, amândoi. Gândul chiar o făcu să zâmbească.

Bătăile se auzeau în continuare, se pare că Adina nu avea nici o intenție să deschidă ușa. A mers ea să deschidă, îmbrăcată doar cu un maieu subțire prin care i se vedea forma rotundă a sânilor perfecți și cu o pereche de pantaloni de pijama. După discuția cu Adina era plină de remușcări, se simțea cumplit de obosită. A deschis ușa fără nici o bucurie, apoi fără să ridice capul a întrebat morocănoasă:

"Ce vrei?"

"Să te văd, se pare că ai uitat!" Spre surprinderea ei, era el! Chiar venise! Simți cum tot sângele îi vine în cap, era total nepregătită, cum plânsese avea machiaj împrăștiat pe toată fața.

El era îmbrăcat destul de lejer, însă se vedea că nu la întâmplare. Toate îi veneau de minune și îi subliniau masculinitatea. Același parfum îl învăluia. Pe când ea, era exact ca un tufiș. A vrut să mai spună ceva, să se scuze, dar în schimb l-a tras înăuntru îmbrățișându-l. Nu ar mai fi vrut să îi dea drumul niciodată. Se bucura atât de mult că venise, poate data asta nu mai făcuse o prostie, căci la fel de ușor căzuse și în mrejele lui Matei.

"Ești bine?" a întrebat-o el mângâindu-i ușor fața.

"Da, îmi pare rău că trebuie să mă vezi așa, credeam că nu o să vii." a răspuns ea înroșindu-se toată.

A plecat să se pregătească, lăsându-l pe el să o aștepte în sufragerie. Se gândea că Adina avea să iasă și să îl ia la întrebări, dar nu fusese așa. Probabil că data asta era mai supărată decât de obicei. Sau altceva era în neregulă cu ea, căci nici ea nu arăta prea bine. De obicei din cauza muncii era așa, mereu se implica mai mult de cinci mii la sută.

Și-a luat repede o rochie scurtă, neagră, și-a refăcut machiajul și și-a prins părul la spate într-o coadă în vârful capului. Știa că așa arăta puțin mai înaltă.

Ar fi vrut să facă mai mari eforturi cu privire la aparența ei, dar nu prea avea dispoziția necesară pentru asta. El era atât de frumos, cei ca el probabil nu sunt serioși, doar caută distracție. În seara asta avea să îi spună că ea vroia mai mult, că nu avea de gând să își irosească timpul așa. Greșise atât de mult cu Matei. De fapt, se gândea că cel mai bine ar fi fost să afle dacă mai întâi era însurat.

Ajunși în mașină, Ilinca a trebuit să îl întrebe câte ceva despre el. Până acum nu avusese decât senzația că o urmărea, dar ce urmărea de fapt?

"Poate o să ți se pară prostesc ceea ce îți voi spune, dar nu am apucat niciodată să te întreb cum te cheamă. Nu știu nimic despre tine, tu știi atâtea despre mine." I-a spus ea făcându-și curaj înainte să pornească din fața blocului. Era o mașină destul de frumoasă, mult mai frumoasă decât a lui Matei, dar nu se prea pricepea la ele. Asta însă îi cam confirma din temeri, nu mai vroia să fie amanta cuiva din nou.

"Mă numesc Damian și am treizeci de ani, lucrez în domeniul IT. Sunt singur și se pare că m-am îndrăgostit la prima vedere de o fată, la munte." A spus el zâmbind.

"Şi nu ai pe nimeni? Cam ai observat din ce relație am ieşit, sub nici o formă nu aş vrea să mai fac odată greşeala asta." I-a spus ea scurt și sincer.

Faptul că încerca să fie serioasă, sinceră şi la obiect o făcea de-a dreptul adorabilă. Îi venea să o ia în brațe şi să o sărute peste tot.

"Ador cum eşti, de când te-am văzut prima dată am vrut doar să te țin în brațe. Eşti aşa de dulce! Nu te-aş putea răni niciodată." Părea sincer, o privea în ochi, privirea lui parcă o hipnotiza de-a dreptul. Nici ea nu îşi putea explica cum puteau lucrurile să fie aşa. Se pare că tot răul era spre bine.

Fără să vrea Ilinca s-a întins să îl sărute. Mereu îşi dorise să fie spontană, să îşi arate sentimentele fără nici o reținere, dar umbra lui Matei atârna greu asupra ei.

"Nu pot să cred cât de mult m-am înşelat. Nu vreau să crezi ce e mai rău despre mine, aş vrea doar să ştii că am fost păcălită. Nu aş putea să mai trec prin asta din nou. Şi totul se petrece atât de repede. Poate că nu am iubit cu adevărat aşa cum credeam."

Ilinca se vedea la începutul unui nou episod din viața ei, dar momentul nu era cel potrivit. În sinea ei suferea profund, pentru că Matei nu o iubise, o minţise mereu. Ar fi vrut să aibă inima deschisă către Damian, era ca un vis frumos dar toate câte i se întâmplaseră nu o făcuseră decât precaută. Se aruncase cu totul în braţele lui, vedea că era greşit dar nu mai simţise asemenea pasiune niciodată. Era ceva desprins dintr-un film, era o altă realitate din care nu ar fi vrut să se mai trezească niciodată.

Tot restul serii au vorbit, dar nici unul nu a mai adus vorba de Matei sau de ceea ce fusese între ei. Ilinca nu a întrebat nimic despre alte relaţiile lui, ci pur şi simplu s-au bucurat de compania celuilalt. Era aşa plăcut să poată lua masa în oraş fără să trebuiască să se uite mereu peste umăr. Era altă realitate, în care se simţea preţuită, în care se simţea importantă pentru partenerul ei.

Capitolul VI

Adina părea să stea calmă la masă privind în telefon, dar mişca piciorul cu nervozitate. De obicei îşi păstra calmul în cele mai solicitante situaţii, găsea soluţii imediat pentru cele mai complicate probleme. Când venea vorba de mama lui Andrei însă nu făcea nici un efort. Credea că nu merită.

Astăzi tot ea o chemase și ca o divă ce se credea întârzia. Pentru ea era foarte important ca oamenii să ajungă la timp la întâlniri. Cu ea era însă altă problemă și probabil că nu putea să îi spună nimic. Chiar nu îi plăcea atitudinea asta deloc, era de-a dreptul infantilă și lipsită de sens, de parcă mai erau acum pe vremea bunicilor când părinții trebuiau să își dea acordul cu privire la relațiile copiilor. Poate vroia și un sac de cartofi drept plată!

"Nu mă așteptam să vii" a auzit vocea scorpiei din spatele ei. Sincer nici ea nu se aștepta, dar era timpul să ia frâiele în mână și să clarifice odată pentru totdeauna situația cu ea.

"Cred că era deja timpul să ne întâlnim." I-a răspuns Adina pe un ton tăios.

Doamna Văleanu s-a așezat în fața ei, apoi după ce a comandat un pahar de vin alb a trecut direct la subiect.

"După cum probabil te aștepți, nu am venit aici ca să ne facem brățările prieteniei sau să ne împletim

79

părul. Când ai de gând să îl lași în pace pe Andrei?"

"Poftim?" a privit-o mirată Adina. Femeia avea atitudine, nu glumă. Oricare alta s-ar fi pierdut ușor cu firea în fața ei.

"Nu știu care parte îți e neclară, dar voi face lumină pentru tine. Am construit totul din nimic și nu am de gând să fac leagăn din ele pentru cineva ca tine, nu ai nimic decât hainele de pe tine." A continuat ea la fel de nonșalantă.

"Nu am de gând să mă despart de Andrei numai pentru că tu te-ai gândit că nu îți place fața mea!" i-a spus pe același ton fata.

La asemenea insolență nu se aștepta, dar știa că toate merg până la bani. Așa că a scos un carnet de cecuri, l-a deschis și cu pixul deasupra lui a întrebat-o:

"Care e prețul tău?"

Adina însă s-a ridicat în picioare și a trântit nervoasă șervețelul pe masă.

"Nu aș pune niciodată preț pe dragostea pe care i-o port lui Andrei. Nu am nevoie de vila ta, de restaurantele tale și de ce dracu mai ai, sper să ți le iei cu tine când mori! Crezi că nu ne putem crește copilul singuri?"

Aplecat apoi călcând apăsat. Sub toată furia pe care o simțea avea impresia că se sufocă, știa că nu o place dar nici că o considera decât un nimeni care umbla după banii lui. Nu mai vedea în fața ochilor de furie, nu mai vedea pe unde merge sau pe lângă cine trece.

În urma ei însă, doamna Văleanu nu putu decât să o admire "Poate chiar e o pereche potrivită pentru băiatul meu."

În furia ei, nu a observat că dăduse peste Andrei, ciocnindu-se de el violent.

"Adina, ce-i cu tine?"

O privea nedumerit căci nu spuse că va fi astăzi acolo. De fapt știa că azi muncea.

"M-am întâlnit cu mama ta."

"Cu mama? Ce ciudat, și pe mine m-a chemat. Vino! să vedem ce vrea." A luat-o el ușor de mână.

"Mai bine mergi singur, poate îți scrie și ție un cec să pleci de lângă mine." Fata și-a tras mâna și a plecat mai departe la fel de furioasă.

"Oprește-te, nu înțeleg despre ce vorbești."

"Mama ta tocmai a încercat să mă plătească! M-a întrebat cât vreau ca să mă despart de tine!"

Andrei nu a mai oprit-o, ci a plecat direct spre locul unde era mama lui încercat de aceeași furie. Nu îi venea să creadă ce fel de femeie se dovedise a fi cea care îi dăduse viață. Era asemeni unei pietre legate de gât în timp ce încerca să înoate.

"Mamă, ce naiba e cu tine? Cum îți vin ție idei din astea? Chiar vrei să nu mă mai vezi niciodată?" a început Andrei să vorbească în timp ce se îndrepta spre masa ei, fără să îi pese că atrăsese atenția celorlalți din restaurant.

"Dragule, eu nu îți vreau decât binele!" îl întâmpină ea mieros.

"Care bine, mamă? Nu îmi trebuie nimic de la tine! Nu vreau să te mai văd niciodată!"

Andrei a aruncat cheile furios pe masă după care a plecat fără să privească înapoi. A scos telefonul și a sunat-o pe Adina.

"Crezi că mă pot muta cu tine? Am cam rămas fără locuință."

Adina a început să râdă.

”Ai nevoie să te ajut să îți iei lucrurile?”

”Nu, am deja tot ceea ce am nevoie, tu mă faci cel mai bogat om din lume” i-a spus el fără să clipească.

Noroc că era vineri, după întâlnirea asta aveau nevoie în mod sigur de o pauză. Chiar se întreba cum de mama lui devenise un om atât de oribil. Întotdeauna o văzuse ca pe cineva special, cineva pe care s-ar fi putut baza în orice situație. Se pare că se înșelase, nu era decât o femeie posesivă și manipulativă.

”Acum ce ai de gând să faci Andrei?”

”Nimic, nu vreau să o mai văd în viața mea.”

De data asta chiar era decis să ia lucrurile în serios, să devină un soț bun, să devină un tată perfect. Crescuse în sânul unei familii, dar niciodată nu îi văzuse apropiați unii de alții, chiar dacă locuiau sub același acoperiș părea la mii de kilometri distanță.

Adina și-a lipit capul de umărul lui, apoi l-a sărutat. Încerca să îl consoleze, dar nu se prea pricepea la asta, așa că a ales să tacă și să îl îmbrățișeze. Pentru ea gesturile făceau mai mult decât cuvintele. Era atipică unei femei, mai mult făcea decât spunea.

"Vrei mâine să mergem să ne căsătorim?" a întrebat-o el deodată.

"Ești sigur? Am putea avea copilul și fără o bucată de hârtie care să ne lege." I-a răspuns ea oarecum speriată, căsătoria părea un pas uriaș pe care nu era sigură dacă putea să îl facă acum.

"Sunt mai sigur decât am fost vreodată în viața mea. Te iubesc Adina. Nu văd care ar fi rostul să ne rotim așa dacă amândoi ne dorim o familie. Promit că voi fi mereu acolo când vei avea nevoie de mine, că te voi proteja de tot răul pentru tot restul vieții mele." Nu aveau bogății pământești dar aveau cea mai mare comoară pe care o putea deține vreodată cineva: se iubeau unul pe altul mai presus de orice.

S-a așezat pe pat și au începu să se sărute, într-o îmbrățișare ce îi făcea ca unul. Nu trebuiau să se gândească la mâine în timp ce aveau clipa de azi. Își plimbă mâna ușor prin părul ei, apoi coborî în jos cuprinzându-i ușor sânii. O atingea gingaș, mâna lui devenind ușoară cum ar fi briza de vară, fierbinte și învăluitoare.

"Ar fi frumos să fim singuri de fiecare dată când suntem acasă!" a spus Andrei sărutând-o pe gât.

"Ceva îmi spune că va fi realitate în curând" i-a răspuns Adina.

Capitolul VII

În decursul vieții unei femei, unul din momentele dificile care nu pare a se îmbunătăți nicidecum odată cu trecerea timpului e alegerea hainelor, aplicarea machiajului și coafura. Oricât de mult par a se strădui, niciodată nu e destul timp pentru asta, astfel minutele se transformă în ore, toate hainele sunt probate apoi se ajunge la concluzia: la ce naiba m-ama gândit când am cumpărat asta?

După ce au scos din dulap și au probat toate câte aveau, au ajuns la concluzia că nu aveau mai nimic cu care să meargă în club, așa că au convenit mai bine asupra unei cine în oraș.

"Nu pot să cred că nu am nimic cu care să merg în

club, parcă am pus o sută de kile nu mai încap în nimic." Se plânsese Adina descoperind cu stupoare că sărise la o mărime mai mare.

"Nu am vrut să te supăr, dar și mie mi se pare că ai adunat ceva. O fi de la stres, dacă zici că așa de dificil a devenit la muncă!" a încercat să o consoleze Ilinca fără a bănui nici o secundă despre ce era vorba de fapt.

Deodată telefonul Ilincăi primi altă alertă. Era un e-mail. L-a citit apoi a ridicat ochii mari spre Adina.

"Nu o să îți vină să crezi, am primit o ofertă de muncă. Ciudat, nu țin să fi aplicat pentru postul ăla, dar e totuși minunat. Am primit o ofertă de la o revistă on-line să realizez traduceri pentru ei. E o slujbă cu normă întreagă! Mi-au zis că pot să îi contactez oricând pentru un interviu. Sunt așa de entuziasmată! Doamne, nu m-am gândit niciodată să aplic pentru a lucra în mediu virtual! Pot lucra de acasă, nu mai trebuie să merg la nici un birou idiot! Oare să răspund acum?"

Adina a dat să deschidă gura, dar nu a putut să spună nimic, Ilinca era mai vorbăreață ca niciodată.

"Nu pot să pierd postul ăsta, nu vreau să par disperată, dar chiar sunt. Mă întreb de unde au CV-ul meu. Da, nu scrie nimic" a spus ea uzitându-se încă odată pe e-mail.

"Le scriu chiar acum." Începu ea butonând viguros telefonul.

Adina vroia să spună ceva, dar nu a reușit decât să tragă o gură de aer. Deja renunțase să mai spună ceva. Cuvintele i s-au întors exact de unde veniseră inițial.

"Stimată doamnă Anton,

Mulțumesc pentru invitația trimisă.

Aș vrea să vă anunț că sunt disponibilă oricând pentru un interviu.

Cu respect

Ilinca Ulm"

"E bine așa, ce zici? Nu știu ce altceva aș putea

scrie. În mod sigur am să îmi iau portofoliul cu mine, știi că am tradus atâtea doar din pasiune." Ochii ei mari păreau și mai mari, mai strălucitori.

"Trimite-l, e bun, nu prea ai ce să scrii. Vezi tu când te cheamă pentru interviu, doar vroiam să îți spun că s-ar putea doar să te sune, de vreme ce e on-line pot avea birourile oriunde, nu ar putea fi neapărat în orașul ăsta."

Ilinca nu mai putea de bucurie, lucrurile în sfârșit intrau pe făgașul mult dorit. Nici nu se mai gândea la Matei. Chiar dacă trecuse doar o săptămână de când rupsese legătura cu el, se simțea de parcă nu îl mai văzuse de ani de zile. În gândurile ei era doar Damian, nu se mai putea gândi la altceva. Îi trimitea mesaje constant, toate începeau cu mi-e dor de tine. Chiar nu ar fi suportat să mai treacă odată prin toată tărășenia prin care trecuse cu Matei.

Sunetul telefonului se auzi din nou, părea un a fi un nou mesaj. Ilinca l-a deschis nerăbdătoare, era însă un mesaj de la Matei. Nu mai primise nici un semn de la el, ar fi bănuit că totul era gata între ei, că rupseseră orice legătură.

"Te rog nu te mai ascunde, vreau să te văd, doar să

vorbim chiar și pentru cinci minute. Nu vreau să trăiesc fără tine.”

Nici un ”La mulți ani” nimic. Uitase se pare. Ca de obicei se gândea numai la el, fără să îi pese de ea. Cum ar fi putut ea măcar să îl privească vreodată? Părea prea frumos ca să se sfârșească totul așa brusc cum începuse.

Când a ridicat ochii din telefon avea o privire tristă, a încercat să zâmbească dar părea terifiată de gândul că ar mai putea vreodată să se afle în preajma lui. Chiar nu se gândise că nu avea să o lase în pace.

”Ți-au răspuns așa repede?”

”Nu, e Matei. Cum să scap de el? Parcă ar fi ciumă, nu alta.” Oftă Ilinca.

”Ți-am spus că omul ăsta e periculos, niciodată nu am aprobat relația voastră, dar e viața ta și tu știi mai bine decât oricine care ar fi decizia potrivită pentru tine. Ai de gând să te întorci la el?”

Ilinca a clătinat din cap fără să spună un cuvânt, dar greutatea situației a făcut-o să se așeze pe covor.

”Crezi că va face ceva?”

"Nu poți să te ascunzi Ilinca! Doar nu o să stai ascunsă tot restul vieții tale de teamă că el va face ceva!"

Deodată telefonul Ilincăi începu să sune. Fără să vrea, tresări fără să îndrăznească să se uite cine sună. Apoi trase o ocheadă pe furiș. Era Damian. Fără să vrea se văzu răsuflând ușurată, dar nu răspunsese. I-a scris doar. S-a ridicat de pe jos apoi s-a scuzat față de Adina intrând în camera ei.

Chiar nu înțelegea ce văzuse în omul acela viclean, mincinos. Nu știa nimic despre Damian, dar Ilinca aranjase să se întâlnească toți în seara aceea, așa aveau și ei să îl cunoască. Fără să vrea se vedea ca o figură maternă asupra ei știind că Ilinca nu își mai vorbea cu mama ei de mai bine de un an.

Demult nu îi mai judeca alegerile, mai ales acum când avea să aibă un copil. Nu știa ce va fi, dar nu și-ar fi dorit niciodată să nu fie acolo când va avea nevoie de ea, indiferent de ce greșeli va face. Chiar dacă doar Andrei știa de mica viață ce pâlpâia în ea, Adina începuse să vadă lucruri la care înainte era oarbă, începuse să înțeleagă lucrurile altfel. Până la urmă cine era ea ca să îi judece pe ceilalți? Fiecare, probabil, trebuia să își trăiască păcatele tinereților.

Adina se privea în oglindă în timp ce Ilinca intrase brusc în cameră, fără să o observe. Își mângâia burta și zâmbea, chiar dacă viața era abia formată, chiar dacă nu se vedea decât ca un exces de greutate.

"Ce faci? Nu te supăra, chiar nu ai pus așa mult, lasă că oricum erai prea slăbuță!"

Adina a izbucnit în râs fără să vrea, apoi după ce acesta a continuat aproape un minut, s-a transformat în plâns. Aceasta s-a așezat jos, apoi a început iar să râdă.

"Parcă mă sperii de ce văd!"

"Să vezi eu cât sunt de speriată."

Ilinca ridică mirată din sprâncene.

"De ce?"

"Ilinca, toată greutatea asta pe care o vezi, nu am pus-o pentru că îmi place să mănânc, am pus-o pentru că aștept un copil!" i-a răspuns iritată Adina.

"Cum??? Ah!!! Pe bune?" ochii Ilincăi iar se făcură mari cu acea strălucire ciudată.

"Chiar crezi că aș glumi cu așa ceva?"

Ilinca o privea dezorientată. Nu putea fi adevărat! Dacă era un singur om responsabil pe pământ, acela avea să fie Adina. Plănuia tot ce avea de făcut apoi se ținea de plan cu cea mai mare strictețe. Ce întorsătură de situație. Dacă cineva avea să aibă un copil cel mai probabil aceasta ar fi fost ea. De multe ori crezuse că e.

"Spune ceva Ilinca, ce ai?"

"Ăăă, felicitări! Felicitări!"

A îmbrățișat-o însă Adina începu iar să plângă.

"Dar de ce plângi? Ăsta e cel mai frumos și mai de preț dar pe care l-ar putea primi o femeie vreodată."

"Știu, dar totul e așa aiurea. Mă gândeam la un moment dat să nu îl păstrez. Dar nici asta nu am putut să o fac. Mama lui Andrei a vrut să mă plătească să îl las în pace. Nimic nu putea să fie mai rău. Mă gândeam, ce aș putea să îi ofer în lumea asta?" Era cu adevărat tristă.

"Cum poți să te gândești să nu îl ții? Adina, ai așa multe de oferit, și dacă tu nu ai fi o mamă bună, atunci nu știu cine ar mai putea fi pe lumea asta! De ce plângi, ăsta e cel mai mare motiv de bucurie! Asta ar trebui să sărbătorim diseară!"

Zâmbea, și o făcea din mai multe motive, era bucuroasă că în sfârșit cineva o iubea, se simțea apreciată. Acum prietena ei avea să aibă un bebeluș, nu era nimic mi scump și mai gingaș în toată lumea decât un copil.

"Știi cât ai?"

"Undeva la trei luni. Nici mie nu îmi vine să cred, nici nu știu cum de s-a întâmplat!"

"Trei luni? Dar cum de nu am bănuit nimic? De ce nu mi-ai spus mai devreme?" Era de-a dreptul mirată. Nu bănuise nimic, totul era sub ochii ei, cum de fusese atât de oarbă?"

Dintotdeauna Ilinca își dorise să aibă familia ei, abia aștepta să aibă copii. Poate de aceea se agățase de speranța falsă că omul potrivit pentru asta putea fi Matei. Dăduse greș așa de mult. Poate trebuia să mai aștepte înainte să se arunce în brațele lui Damian, dar se îndrăgostise la prima vedere. Cu siguranță el ar fi fost partenerul potrivit alături de care să își petreacă tot restul vieții. Timpul avea să confirme dacă avea sau nu dreptate. De data asta își spusese că nu avea să mai grăbească lucrurile, că nu se va mai agăța de fiecare speranță.

"Acum înțeleg de ce atâta grabă și cu mutatul și cu căsătoria!"

"Cu privire la mutat, s-ar putea să mai amânăm un

pic având în vedere circumstanțele. Mama lui Andrei i-a luat totul: apartamentul, mașina. A rămas doar cu hainele de pe el.” se întristă iar Adina. ”E numai vina mea.”

”Sincer, mă bucur că rămâneți, nu îmi place să fiu singură. Știu că la un moment dat o să fie să aveți locul vostru, dar până atunci știi că ești binevenită să râmai. E destul loc pentru toți patru.”

”Patru?”

”Noi trei și micul musafir, bineînțeles!”

Adina spera din toată inima că până atunci avea să se mute într-un loc al ei. Era plăcut să se știe binevenită dar era timpul pentru pasul următor.

Nu îi venea să creadă cât de repede acceptase totul fără măcar să îi spună o singură dată că e greșit. Ilinca primise vestea cu atâta bucurie încât, pentru prima dată Adina a simțit binecuvântarea ce o primise. De ce avea să fie supărată? Și mai ales cum a putut să îi treacă prin minte chiar și pentru o clipă că nu era loc în viața lor pentru un bebeluș?

”Abia aștept să te cunosc!” s-a aplecat fata veselă asupra burticii.

Adina a izbucnit în râs. Într-adevăr a simțit pentru prima dată că lucrurile nu erau greșite, ci erau exact așa cum trebuiau să fie. Nimic nu putea fi mai în regulă de atât!

"Am pregătit tot pentru diseară. Abia aștept să îl cunoști pe Damian. Mă tem atât de mult să nu mă mai grăbesc ca data trecută. Am dat greș total cu Matei. Nu pot să nu mă gândesc cât de mult m-am înșelat. Ce bine era dacă te-aș fi ascultat."

"Nu te mai gândi, după cum vezi nici eu nu prea sunt în măsură să dau sfaturi!" spuse Adina arătând spre burtă.

Amândouă au izbucnit în râs. Se pare că nu exista bine sau rău, corect sau greșit. Pur și simplu depinde cum vedeau lucrurile. Toate normele astea fără sens pe care societatea le scosese păreau a fi făcute de oameni ce nu trăiau cu adevărat, ce nu mai aveau nici un simț al realității.

Nici nu își dăduseră seama cât de repede trecuse timpul, erau aproape de ora când trebuiau să plece. Tocmai își făceau ultimele retușuri când Adina primise un telefon că Andrei întârzia puțin și avea să ajungă acolo după ele, nu putea să o ia de acasă.

"Nu-i nimic , lasă că mergem împreună. Îi scriu lui Damian să ne întâlnim acolo."

Trecând pe lângă oglinda de la intrate și-a văzut chipul zâmbind. Era frumoasă ca un vis, ochii ei mari erau întunecați și arzători, pielea ei măslinie o făcea să arate ca madonă exotică.

Au ieșit una lângă alta din scara blocului vorbind însuflețit printre băcăneala tocurilor. Ajunse în

strada principală așteptau ca omulețul verde să
apară, să le permită trecerea. Nu s-a lăsat mult
așteptat, cele două și-au continuat drumul vorbind.
Deodată, trecute de jumătate au auzit o scârțâitură
puternică de roți. Țipătul lor părea a fi mut, căci nu
s-a oprit, întreaga lumea părea să fie mută.
Universul s-a oprit din mers, căci peste ele a
coborât o tăcere neagră. Ilinca a simțit cum îi scapă
mâna prietenei sale, o privea cum se rostogolea pe
asfalt, apoi a simțit și ea impactul aspru al șoselei.
A mai privit o singură dată șoptind pentru îngeri
"Adina!". Fără să vrea a închis ochii simțind o
durere ascuțită în tot corpul cum o trage fără milă
în altă realitate adormită.

Capitolul VIII

Știa că a întârziat, dar nu putea să plece mai
repede, chiar își dorea să fie promovat. Intrat în
restaurant o căuta din priviri pe Adina, dar aceasta
părea a nu fi acolo. Era totul ciudat căci ea
niciodată nu întârzia. Nici Ilinca nu se vedea
nicăieri. La o masă lângă fereastră a văzut însă un

chip cunoscut. S-a îndreptat spre el cu gândul să îl salute apoi să o sune să vadă cele le reține.

"Ce faci prietene?" i-a spus Andrei întinzându-i mâna.

"Andrei! Ce faci aici?"

"Trebuie să mă întâlnesc cu cineva. E ziua unei prietene."

Damian părea mirat să îl întâlnească acolo. Parcă odată Ilinca adusese vorba de un Andrei.

"La fel. A cui e ziua?" a întrebat el la fel de suspicios.

"Ilinca. O cunoști?" l-a întrebat Andrei zâmbind.

"Da" a zâmbit Damian.

"Ce mică e lumea, deci tu ești iubitul secret cu care se vede Ilinca" a exclamat Andrei bucuros că era el , nu alt bărbat însurat. În sfârșit se afla și ea pe drumul cel bun. Damian era unul dintre cei mai serioși oameni pe care îi cunoștea, avea mai multe companii online, știa să își ia riscuri. Dacă pentru mulți era un teren necunoscut, el îl făcuse să arate ca o adevărată mină de aur.

Ce doi s-au așezat la masă zâmbind, se știau de la clubul de tenis, amândoi erau pasionați de sportul acesta, jucaseră de multe ori împreună.

"Mă întreb cele reține atât! Sper că nu s-a întâmplat nimic rău." Damian încercase să o sune pe Ilinca, dar telefonul ei nu mergea. Chiar în momentul în care Andrei se îndrepta spre el, avea de gând să meargă la ea acasă să vadă ce o reținea atât. Știa că abia se despărțise de Matei, gândea că acesta-o fi dus să o caute. Ce era drept, de mult era cu ochii pe Ilinca, o remarcase mai demult. Credea că era singură, apoi a văzut-o cu Matei la munte. De fiecare dată i se părea atât de nefericită, ar fi vrut doar să meargă, să o ia de mână, să o îmbrățișeze.

"Probabil machiajul sau ceva de genul le reține, oricum merită să verificăm."

Andrei a scos imediat telefonul și a încercat să o sune pe Adina, dar aceasta nu răspundea. Instantaneu s-a îngrijorat, căci o știa însărcinată, nu vroia să lise întâmple ceva. A încercat de vreo trei ori apoi a treia oară a răspuns cineva.

"Îmi pare rău pentru veștile proaste, dar avem nevoie să veniți imediat la spital. Nu știm cum se numește victima, nu are nici un act de identitate." S-a auzit o voce gravă, profesională.

"Cum?" s-a ridicat Andrei brusc în picioare, Damian la fel și au pornit-o spre ușă.

"A fost implicată într-un accident rutier, fost adusă împreună cu altă tânără despre care nu avem detalii de asemenea."

"Venim imediat!"

Andrei a ridicat ochii spre el, avea o privire furioasă, părea un personaj dintr-un film de groază.

"Damian, sunt la spital!"

Amândoi au ieșit în grabă gonind nebunește spre spital. Era ca un episod dintr-un coșmar, lumea se mișca prea încet, simțeau că nu mai ajungeau oricât de repede încercau să ajungă acolo. Ajunși în parcare au alergat într-un suflet spre recepție, Andrei simțea că i se taie picioarele din ce în ce mai tare, parcă nu mai avea putere să înainteze. A intrat după Damian, cu sufletul strâns de mărimea unui atom.

Au fost rugați să aștepte, ambele erau în operații de urgență.

"Așteptam un copil, nu pot să cred ce se întâmplă!" și-a acoperit fața cu palmele, apoi a început să plângă ca un copil.

Damian și-a pus mâna pe umărul lui, nu știuse că acesta aștepta să fie tată. Îi părea rău pentru el, dra se simțea furios în același timp că nu fusese acolo să o protejeze pe Ilinca, era ușor de bănuit cine o făcuse. Ar fi vrut să plece în momentul acela și să încheie socotelile cu Matei, dar nu putea pleca de lângă ea. Probabil era speriată, trebuia să fie acolo când ea avea să se trezească.

"Pun pariu că e mâna mamei, sigur ea a făcut asta! Niciodată nu a plăcut-o pe Adina, cum a putut să meargă atât de departe?" a spus deodată Andrei.

Damian l-a privit surprins, căci el nu știa că și aceasta ar fi putut fi o posibilitate. Abia o avusese pe Ilinca în brațele sale, nu putea să o piardă atât de ușor. Îi vedea părul negru, lucios cum îi cădea obraznic pe față, și ea îl dădea la o parte zâmbind. Era atât de gingașă, nu putea concepe cum cineva putea să îi facă rău. Îl privea pe Andrei cum se uită în gol și îi înțelegea durerea. Chiar dacă nu fusese cu Ilinca decât scurt timp, nu vedea lumea fără ea. Credea că avea pentru ea doar o pasiune trecătoare, dar acum era mai sigur ca oricând că ea era cea pe care o așteptase întotdeauna.

Așteptarea părea tot mai grea, trecuseră aproape două ore și nimeni nu le spusese nimic concret. Un doctor s-a îndreptat spre ei.

"Sunt bine?"

"Sunteți rude ale pacientelor?"

Andrei se gândea că nu avea cum să o piardă, era o luptătoare, întotdeauna fusese. Dacă era un singur om pe lume care ar fi putut rezista la orice, acela era Adina. Ce îl îngrijora groaznic era faptul că ar fi putut pierde copilul. Dacă nu au putut-o stabiliza?

"Da, suntem partenerii lor", a spus Damian fără să clipească.

"Am reușit să le stabilizăm, veți putea să le vedeți mâine dimineață."

"Și copilul meu?" a întrebat Andrei cu o voce sugrumată.

"Îmi pare rău, dar nu am putut să îl salvăm, a fost lovită destul de rău la nivelul bazinului" i-a răspuns doctorul lăsând capul în jos.

Întreaga lume părea că se prăbușește în jurul său, căci toate planurile din ultimele luni erau făcute în jurul micii pâlpâieli a vieții. Cum de putuse soartă să fie atât de crudă cu el? Dacă Adina nu ar mai fi putut face copii niciodată? Se bucura că au putut-o salva măcar pe ea. Era sensul vieții lui, fără ea niciodată nu i s-ar mai fi făcut zi din noapte.

Andrei a simțit cum o mână i se pune pe umăr. Era o atingere ușoară, de femeie. Când s-a întors a simțit cea mai cruntă furie pe care o simțise în viața lui.

"Tu ai făcut asta mamă, am să am grijă să plătești toată viața ta!" i-a spus aruncându-i mâna deoparte.

"Nu am fost eu, crede-mă, niciodată nu aș fi putut merge așa departe. Îmi pare rău pentru ce ți se întâmplă, chiar nu aș fi făcut-o niciodată." Femeia părea sinceră, dar el nu o credea. O știa în stare de multe.

"Minți! Nu mai minți, am simțit iadul în timpul ăsta, și tu..." Cuvintele îi ieșeau din gură creponate, simțea cum îl îneacă plânsul.

"Andrei, crede-mă nu am fost eu. Mi-a spus că așteaptă un copil."

"Ce cauți aici?" i-a spus el șoptit pur și simplu părând că s-a prăbușit pe unul din scaunele din sala de așteptare.

"M-au sunat de la spital, mi-au spus că fiul meu este aici...îmi pare rău pentru tot!"

O privea, dar privirea plină de ură de la început se transformase în una împietrită, rănită. A dat să îl îmbrățișeze dar e împins-o cu mâna ușor. Părea să îi pese, dar în mintea lui era gândul dacă nu cumva venise să se asigure dacă Adina plecase în rândul umbrelor.

Doamna Văleanu era rănită că nu putea fi acolo pentru el în momentul acesta întunecat. Pur și simplu i-a spus să plece, nu mai vroia să vorbească cu nimeni, nu mai vroia să se gândească la nimic căci totul devenise un vid.

Damian ieșise vrând să le dea puțină intimitate.

Întors, a găsit un om și mai sfâșiat decât lăsase

inițial. Se cunoșteau, dar nu erau prieteni atât de buni încât el să îi știe situația delicată prin care trecea cu mama lui. Nu știa mai nimic despre băiatul ăsta, decât că era un partener excelent la tenis. Nu știa ce să îi spună, așa că s-a așezat lângă el.

"Sunt puse în rezerve private, am aranjat ca să putem sta cu ele." I-a spus Damian. Vorbise cu doctorii să le mute acolo, fiecare în rezerva ei.

Pierduse atât de multe într-o zi. Cât de volatilă era viața, asemeni unui nor. Acum era aici, dar o singura briză era de ajuns ca să o distrugă. Nu îi venea să creadă cât de ușor se putea pierde o viață. Dacă nu ar fi întârziat, ar fi fost cu ea, nu ar fi pățit nimic.

"Mă duc să stau cu ea, mulțumesc pentru tot" se ridica Andrei îndreptându-se spre recepție.

Rămas singur, Damian s-a îndreptat către o cunoștință mai veche. Chiar dacă nu sunt observate, nevăzute și tăcute, cabinete particulare de investigații sunt acolo. Detectivul privat Paul îl aștepta. Era două noaptea, însă și unul și celălalt erau obișnuiți cu nopți nedormite.

"Îmi pare rău că te deranjez la ora asta, dar chiar nu pot amâna. Ți-am explicat la telefon, e foarte important pentru mine să aflu cine a lovit-o."

"Nici o problemă, întotdeauna a fost o plăcere să

lucrez pentru tine." I-a răspuns el, fără nici o urmă de oboseală. De multe ori Damian se întrebase dacă dormea vreodată.

"Ai reușit să afli ceva?" a întrebat căutând cu ochii pe biroul lui.

"Eu zic că progresez destul de bine, dacă merge așa până mâine vei avea toate dovezile necesare pentru a acuza pe cineva."

Chiar dacă simțea că își pierde răbdarea, știa exact cum merg lucrurile. Nu avea să primească nici un nume până când nu aduna toate dovezile. În ciudat faptului că îl plătea destul de mult pentru asta, Paul nu i-ar fi spus sub nici o formă vreun detaliu care i-ar putea compromite ancheta, niciodată nu făcea acuzații fără dovezi, chiar dacă lucrurile erau evidente.

"Mâine la zece vei avea toate detaliile."

Damian a plecat mulțumit de rezultat, nu mai rămânea decât să se întoarcă la spital și să aștepte ca Ilinca să se trezească.

Era bandajată la cap, legată la aparate. Acestea se auzeau cum bipăie. I-a luat mâna cu amândouă palmele și a sărutat-o ușor.

"Îmi pare rău că nu am fost acolo, nu am să te mai las singură niciodată. Te iubesc!"

Fără să deschidă ochii Ilinca a zâmbit. Nu știa dacă nu e un zâmbet involuntar sau chiar auzise ce i-a spus. Oricine i-ar fi spus că e prea devreme ca să îi spună că o iubește. Și totuși doar câteva secunde sunt suficiente pentru a decide Din clipa în care o văzuse știa că iubește. Nu era omul care să analizeze prea mult lucrurile, construise tot ce avea din impuls și nu regretase nici o clipă. Ilinca era însă o floare sensibilă, pe care vroia să o țină aproape de el, să o protejeze de ceilalți. Era sinceră și spre deosebire de alte fete pe care le cunoscuse, era o visătoare. Știa că ea își dorea o familie, își dorea să fie soție, își dorea să fie mamă. Dar în același timp își dorea să aibă o carieră, era pasională despre orice și pasiunea ei era molipsitoare. După ce a cunoscut-o a realizat că viața era mai mult decât trebuie să fac asta și asta, ci era mai degrabă o realizare a bucuriilor mărunte, viața nu se măsura în bani, viața trebuia măsurată în sentimente, în clipe și senzații.

A adormit ținându-i mâna, lângă pat cu capul lângă ea. Era un somn gol, fără vise, avusese impresia că nici nu ațipise.

S-a trezit când a intrat doctorul în salon. Își simțea corpul groaznic de amorțit, probabil că nu se mișcase defel.

Doctorul a început să îi verifice aparatele, apoi fișa medicală fără să schițeze nici un gest, asemeni unui robot. Aruncase doar un zâmbet forțat cum intrase în cameră apoi nici un cuvânt.

"E bine?"

"E bine, nu dă nici un semn de îngrijorare, dar trebuie să o ținem sub observație. Ar trebui să își revină în orice moment. Puteți să îi vorbiți, să știe că sunteți aici."

Doctorul a scris apoi ceva în fișă, placând la fel de tăcut cum a intrat.

Damian o privea, apoi a început să îi vorbească.

"Nu am mai întâlnit pe nimeni ca tine, și dacă nu aveam un sens până acum tu mi l-ai dat. Am pierdut atâta timp căutând fericirea când tu erai acolo, chiar lângă mine. Te-am cunoscut întâmplător, dar nici o clipă nu am simțit că e o întâmplare." O privea cum stătea acolo cu ochii închiși, aproape că nu mai semăna deloc cu ea. I se părea însă că vede același zâmbet din timpul nopții. Deodată însă aparatele au început să bipăie.

În rezervă au intrat iarăși doctorul urmat de câteva asistente.

"Vă rog să ne lăsați câteva clipe, trebuie să verificăm pacienta."

I-a sărutat ușor obrazul apoi a plecat. Pe hol era Andrei, se vedea că nu dormise deloc. Nu îndrăznea să îl întrebe dacă i-a dat vestea Adinei că a pierdut copilul.

Părea destul de tulburat, oricum ar fi fost era una din cele mai rele vești pe care le-ar fi putut da cuiva vreodată. Nu a trebuit însă să îi spună nimic, căci Adina știa deja chiar dacă nimeni nu îi spusese. L-a privit cum stătea lângă ea cu ochii triști, cu privirea goală. De când se trezise nu scosese nici măcar un singur cuvânt. Andrei știa că tăcerea ei însemna tristețe, însemna furie, însemna durere, însemna frustrare căci nu putuse face nimic pentru a-l salva.

Telefonul lui Damian a sunat deodată.

Convorbirea a fost scurtă, dar chipul lui trecea umbre, umbre cu toate că încerca să își mențină calmul.

"E investigatorul meu privat, e în drum spre poliție."

"Cine a făcut-o?" a întrebat Andrei oarecum îngrijorat să nu fi fost mama lui. Chiar nu ar mai fi putut lua altă lovitură de la viață. Se simțea destul de rău și așa.

"Se pare că e Doamna Ionescu!" a spus Damian mirat de autor.

"Poftim?! Nu pot să cred! M-aș fi așteptat să fie el, nu ea! De ce o fi făcut-o? Nebuna! Mi-am pierdut copilul din cauza ei!"

Damian simțea la fel, se simțea oarecum neplăcut din cauza relației pe care o avusese Ilinca cu un om însurat, dar trecuse peste. Lumea în care crescuse îi conferise o educație puțin mai neconformistă, mai tolerantă, trecutul trebuia să rămână în trecut, privirea spre viitor.

"Damian, cel mai tare mă tem să nu scape basma curată, are atâtea relații femeia asta, nici de Dumnezeu nu cred că se teme!"

"Știu că a scăpat de multe ori, data asta însă nu va fi așa. M-am ocupat de tot, dacă lucrurile decurg cum mă aștept în maxim o oră ar trebui să fie arestată. Eu mă întorc la Ilinca, văd că doctorii au ieșit."

Probabil că toată întâmplarea avea să fie la știri, cineva le dăduse un pont jurnaliștilor. Dacă nu era făcut totul public, se aștepta ca lucrurile să dispară încet, încet... Astfel, erau în ochii tuturor.

Ilinca era conștientă, și cel mai important își amintea cine era Se bucura că din toată nebunia asta avea să îl recunoască.

"Ai fost lângă mine când m-am trezit" i-a spus ea șoptit. Vorbea greu, o dureau toate, avea coste rupte, o fractură la cap, mâna stângă fracturată în două locuri. Nici ea nu știa exact ce era rupt sau nu, dar se simțea de parcă tot corpul îi era fărâmițat. Simțea cum totul era dureros, ar fi vrut să se ridice dar nicicum nu putea.

"Nu aş fi fost niciunde altundeva! Bun venit înapoi!" i-a şoptit Damian sărutând-o uşor pe buze.

"Adina e bine?" i-a spus ea la fel de şoptit.

"E bine." A răspuns Damian uşor, lăsând capul în jos.

"Şi copilul?"

"Îmi pare rău"

Ilinca a începu să plângă, apoi şi-a adus aminte de ceea ce îi spusese dimineață. Nu era chiar sută la sută sigură dacă într-adevăr chiar îi spusese acele lucruri, dar trebuia să afle. Îl iubea la fel de mult, îl simțea necesar ca însăşi respirația. Nu mai fusese atât de îndrăgostită de cineva niciodată. Aflând că simțea la fel era ce mai bun lucru care i se întâmplase vreodată.

"Ai vorbit serios dimineață?"

"Da" a răspuns el surprins că îşi amintea ce îi spusese. Credea că doarme, că nu îl poate auzi.

"Te iubesc Ilinca, nimic mai bun decât tu nu mi se putea întâmpla." A dat să o sărute însă s-a oprit şi a sărutat-o pe frunte, ştia că o dureau buzele, erau umflate şi înnegrite de la impact.

Închise ochii obosită oarecum de la lumina din cameră. De îndată însă i se păru cum aude roțile acelea scârțiind, motorul acela turându-se.

"Nu îți fă griji, acum sunt aici cu tine, nimic nu te mai poate răni." I-a spus Damian ținându-i mâna observând cum i se prelingeau lacrimi pe sub genele închise.

I se părea că era totul cețos, ca un nor de fum. Erau așa de bucuroase amândouă, Adina abia îi spusese că va avea un copil, se bucura cu adevărat chiar dacă venise pe nepregătite. Iar acum nu mai era, toată bucuria se transformase în tristețe. Damian îi spuse ce simte pentru ea, dar umbra ceasta a morții nu o lăsa să se bucure cu adevărat de viață.

"A fost Matei... Din cauza mea Adina a pierdut copilul! Doamne, îmi pare atât de rău! La ce naiba m-am gândit de m-am încurcat cu el! E numai vina mea!"

Ilinca a început să plângă, apoi să devină agitată, vroia doar să se ridice din pat, să meargă la ea, să îi spună cât de rău îi pare. Trebuia să o asculte! Se simțea atât de vinovată!

"Liniștește-te iubito! Nu e vina ta, nu te mai învinovăți, nu a fost el."

"Nu?" s-a oprit ea deodată mirată. "Atunci cine? Cine a putut să o facă?"

110

Damian nu spunea nimic, nu ar fi vrut să o supere. Dar Ilinca nu se lăsă așa ușor, chiar dacă nu se simțea bine, trebuia să afle cine ar fi făcut-o.

"Liniștește-te, a fost soția lui."

"Cum?! De ce? Nu mai înțeleg." Era totul chiar bizar. Ce motiv ar mai fi avut să vină după ea? Îl lăsase pe Matei în pace, exact așa cum îi spusese. De ce o făcuse?

Final

"Nu aș fi crezut niciodată ca mai apuc ziua în care să te văd mireasă Adina!"

"Sincer nici eu, dar iată că suntem aici."

Cicatrici mărunte se ascundeau sub machiajul de

pe fața miresei, dar cea mai adâncă, cea din suflet era încă acolo. Abia au trecut peste toată povestea, căci o asemenea pierdere nu are egal în viață. Nu l-au cunoscut niciodată, dar odată cu acea mică parte din ei murise și o parte din sufletul lor. Andrei i-a rămas însă credincios alături.

"Ai primit azi un pachet, am uitat să ți-l dau. E o cutiuță mică" i-a spus Ilinca întinzându-i-o.

Adina a deschis-o încet, oarecum ezitant, căci nu aștepta nimic. Erau mai multe chei, apoi un bilet mic: "Îmi pare rău pentru tot. Bun venit în familie!"

"Mama lui..." șopti Adina.

Cele două au început să râdă. În sfârșit lucrurile intraseră pe un făgaș normal. Doamna Ionescu era închisă pentru multă vreme. Ilinca a mers însă să afle care i-a fost motivul. Nimeni nu a reușit să o facă la proces să spună de ce a făcut-o. Se pare că Matei începuse să aibă îndoieli că ar mai vrea să se întoarcă la ea, vroia o altă viață. Amândoi aveau amanți, dar nici unul nu dorise să părăsească cuibul până atunci. Relația lor atipică funcționase de minune, până când Ilinca era să îi strice mecanismul.

În pragul ușii își făcuse apariția Damian.

"Închide ochii Ilinca! Știu că nu e nunta noastră încă, dar am un mic dar pentru tine. Întotdeauna ți-ai dorit să traduci, acum ai șansa să o faci. Cum ți s-ar părea să lucrezi în colaborare cu o companie on-line? Poți lucra de oriunde, așa că m-am gândit poate ți-ar place să ne mutăm în vila mea din Santa Cruz. Cred că știi limba deja. Să zicem că e un dar de ziua ta, cu puțină întârziere."

"Dar...nu pot să cred. Chiar nu știu nimic despre tine!" spuse Ilinca cu ochii lucind de bucurie.

"Mă gândeam că poate vrei să ne cunoaștem mai bine, și ce mod ar fi mai ușor decât dacă am locui împreună". A îmbrățișat-o el sărutându-i creștetul.

Nu îi venea să creadă, chiar nu se aștepta. Era mai mult decât își dorise vreodată. Gândul de a pleca departe de tot ceea ce cunoștea îi dădea oarecum fiori, dar nu ar mai fi văzut viața fără Damian. Îi oferise ce era cel mai frumos în lume: o iubea necondiționat. Nu vorbiseră până acum despre a se muta împreună, dar era cel mai firesc pas înainte. Nu așa se proceda în mod tradițional, dar pentru modul cum se petrecuse relația lor era cel mai firesc lucru. Damian merita riscul acesta căci îi câștigase încrederea, mereu se simțea pe primul loc în ochii lui.

Trecuseră zece luni de la oribilul accident și nici pe departe nu trecuse destul, era ca un coșmar ce o urmărea noaptea, mereu aceeași mașină venind în viteză spre ea. Damian însă mereu era acolo, noapte de noapte să o aline. De multe ori se întreba dacă vor dispărea vreodată. Putea să aibă pe oricine și totuși o alesese pe ea, așa cum era, frântă în interior.

"Cam asta e copii, cred că e timpul să merg să mă căsătoresc cu domnul arhitect." spuse Adina pe un ton glumeț. Aceeași ca întotdeauna, gata să organizeze lucrurile.

Andrei se schimbase mult de la accident, chiar dacă nu avea să devină tată, devenise un bărbat responsabil, ieșise din umbra mamei lui. Chiar dacă nu iubise meseria asta la început, acum o iubea căci văzuse bucuria de a crea. Mergea mână în mână cu Adina și nu îi venea să creadă câte depășiseră împreună. Îi vedea chipul în fiecare dimineață și ar fi vrut să poată să îi ia durerea ce o simțea când își vedea cicatricile adânci din partea stângă a feței. Nu putea însă decât să o ia în brațe și să îi șoptească: " Ești cea mai frumoasă din

114

lume, te iubesc!"

Printed in Great Britain
by Amazon